黎明前的全部

瀨尾麻衣子

黎明前的全部
瀨尾麻衣子

1

我到底希望周遭的人覺得我是個什麼樣的人？

老實認真嗎？感覺不太對，不過也不是開朗活潑；細心體貼是不錯，不過也不能只是這樣。我並不是想要獲得工作能幹的評價，或是渴求地位或名聲。我明明什麼都不想要，卻總是為了自己的一舉一動而煩惱。

我到現在這家栗田金屬開始工作，已經三年了。這是一間只有六名員工的小公司，專門批發雨水槽、屋瓦等建築材料以及釘子、鐵絲等金屬製品給五金行或商店。

社長栗田六十八歲，或許是因為年齡的關係，不會為小事所動，隨時隨地都能夠從容以對。跟我一起辦公的住川說話心直口快，但話中並沒有特別的意思，是個愛管閒事而沒有惡意的人。員工有兩位六十歲左右的歐吉桑：平西很多話，總是逗別人笑；鈴木總是默默工作，但他並非個性冷淡，而是個體貼的人。至於上個月進入公司的男生，則是溫和過了頭，感覺好像在發呆。在如此悠閒的職場，不太可能被討厭或嫌棄。

我明明知道這一點，那麼到底是在擔心誰會有什麼看法？如果至少有個自己理想中的形象，或許能夠表現得更輕鬆；但我連這樣的理想形象都沒有，卻因為在意別人怎麼想而總是不太自在，我對於這樣的自己感到最難以忍受。

我得快點回去才行。

午休時間，我到便利商店隨便選了兩個飯糰，就到收銀檯前排隊。社長和平西他們都吃太太做的便當，或是囤放在公司的泡麵，住川每天替先生做便當時也會順便幫自己做便當，我平常也總是在上班前買午餐，因此午休時間沒有人會外出。我知道在一小時的休息時間中，要去哪裡做什麼都是我的自由，沒有人會在意；但即使如此，只有我一個人外出還是會讓我感到心虛。我焦急地在收銀檯前排隊，忽然想到一件事：不對，等一下，到便利商店只買自己的東西回去，會給人什麼樣的觀感？公司裡只有六個人，應該幫大家也買些東西回去比較好吧？餐後的話，應該買不會吃得太撐的東西。選什麼比較合適呢？我在狹小的店內繞了幾圈，把泡芙放入籃子裡，再度去收銀檯前排隊。

「我回來了。」

「哦，妳回來啦。」

我打開門，平西和鈴木邊吃拉麵邊回應我。辦公室內瀰漫著泡麵和用微波爐加熱的便當的氣味。

我得趕快吃午餐才行。我回到座位就打開飯糰包裝。

隔壁座位的住川看到我的袋子，對我說：

「唉呀，美紗，妳買了好多東西。沒想到妳這麼會吃。」

「啊，這些泡芙是想要請大家吃的。現在就發給大家比較好吧？」

我讓住川看袋子裡面。職場中的女員工只有我和住川，因此我會在意要是自己一個人發點心，感覺好像在偷跑。

「哇！太棒了，我正好想吃甜點。我去泡茶。」住川站起來。

「我來泡茶，請妳幫忙把泡芙發給大家……」

「歐吉桑比較喜歡從年輕女生收到禮物，所以還是妳去發吧。紅茶只給我們兩個。」住川笑咪咪地補充一句。

「好的，謝謝妳。」我向她鞠躬後開始發泡芙。

除了一個月前進入公司的山添以外，這個職場都是歐吉桑。我明知只要招呼一聲「來吃點甜點，休息一下吧」，就能夠讓氣氛輕鬆自在，但是又覺得這樣好像在諂媚，感覺有點討厭，因此只能說出「請慢用」，把泡芙放在桌子角落。我明知沒有人會在意我的言行舉止，為什麼還是這樣？我嘆息著回到座位。

「抱歉，我肚子不餓。」

當我回到座位，山添過來把泡芙退還給我。

「什麼？」

「所以我不需要這個。」

「你可以帶回家吃。」

「我不喜歡有太多奶油的食物。」

「這樣啊……」

那也不用特地退還給我，帶回家不就好了？我懷著這樣的想法，把山添退還的泡芙放回便利商店的袋子裡。

即使在這間悠閒的職場，進入公司沒多久的山添也給人格格不入的感覺。他的上班時間比任何人都來得晚，但只要工作一結束，就會立刻離開公司。他工作時嘴裡總是含著糖果或口香糖，不會主動和其他前輩交流；打招呼的聲音很小聲，動作也慢吞吞的，而且還在共用冰箱裡放了好幾瓶碳酸飲料。

他只比我小三歲，卻常常讓我驚訝地感嘆現在年輕人怎麼都這樣。

「哇！山添，你以前待的公司很棒耶！怎麼會到我們公司？」

一個月前，山添來面試的時候，社長看到他的履歷驚訝地問。

「嗯，是啊……」

面色有些憔悴的山添無力地搔頭。

「對了，藤澤，妳以前也在很大的公司上班吧？我們公司雖然規模超小，不過難道在某個消息管道內評價很高嗎？」

社長問我，我便含糊地笑笑回應：

「這個嘛，我也不太清楚。」

不論在什麼樣的消息管道，我都沒有聽過這家公司的評價。

「不過山添，你才二十五歲，沒關係嗎？」

三年前我來到這裡時，栗田社長也問過這個問題。

「妳沒有預定要結婚吧？可是妳才二十五歲，這麼年輕……怎麼說呢，到我們公司真的沒關係嗎？」

社長當時歉疚地問，我便鞠躬說「當然了，請多多指教」。

山添或許是因為緊張，對於社長的問題只是點頭，聲音細小地說「啊，是的」。

「山添，你之前既然是在顧問公司工作，那就請你來對栗田金屬今後的發展提出建議吧。」

栗田社長當時笑著這麼說。不過山添開始工作一個月，不僅沒有建議，甚至也沒看過他活躍的樣子。

我正回想起一個月前的事，就聽到打開碳酸飲料的「噗咻」的聲音。又來了。我轉頭看到山添正在喝寶特瓶裝的碳酸飲料。碳酸飲料的氣泡聲真讓人受不了……咦？我怎麼會在意這麼細微的聲音？我檢視月曆。十一月七日。該不會……

山添喝了幾口碳酸飲料，關上瓶蓋，然後一臉想睡的表情開始閱讀桌上的文件。別去在意那種事，趕快吃完自己的午餐吧！當我吃著飯糰時，又聽見「噗咻」的聲音。缺乏緊張感的聲音讓我感到心跳加速。

怎麼搞的？只不過是打開瓶蓋而已，那又怎麼樣？還不要緊，距離預定日還有三天。我為了讓心情平靜而深呼吸，但是聽到再次打開瓶蓋的聲音時，身體頓時變得浮躁。

「可以請你不要喝碳酸飲料嗎？」

我不禁脫口而出。

「哦……」

山添在稍遠的座位呆呆地點頭。

「那個聲音很擾人。」

我根本沒必要理山添，可是卻繼續說下去。我告訴自己：冷靜點，冷靜點，現在還不到那一天，一定可以平息下來，現在的焦躁只是心理作用。然而我還是無法按捺地說出「真的很討厭」。

「哦……」

山添的回應跟剛剛一樣。他當然會感到困惑。只不過打開碳酸飲料的瓶蓋，就被如此大驚小怪地指責，實在很無辜。我雖然這麼想，但卻無法抑制地更加焦躁。

「不要只顧著喝碳酸飲料，快點工作吧。」

唉，我怎麼會說出這麼惡毒的話？我對自己的言語感到毛骨悚然。到此為止吧。妳還好意思指責別人，真丟臉。現在應該還來得及制止。呃，要怎麼做呢？對了，意識集中在丹田，想像脈輪……我試著實踐在瑜伽學到的方法，但是一旦失控之後，就無法復原了。

住川安撫我說：「好啦好啦，美紗，喝杯茶放鬆一下吧。」

但是我卻加強語氣質問：「我說的話有什麼問題嗎？」

不行，這樣一來，要是沒有完全釋放，就無法消除焦躁了。明明是自己的心理、自己的身體，卻無法由自己來控制。

山添雖然被我的氣焰嚇到而呆滯，不過他似乎覺得最好先離開現場，便小聲對社長說：「我去裝貨。」

說完他就要走到倉庫。社長也說：「嗯，你去吧。」即便如此，我仍舊無法停下來。

「等一下，我還有話想說。」

如果不把對手逼到絕路，我的焦躁是無法平息的。到這個地步，沒有人能夠阻止我。

「可是……」山添不知所措地停下腳步。

「好啦，山添，你先走吧。」

社長推著山添的背，住川也把茶放在我桌上說：

「知道了，沒事。來，美紗。」

我知道自己造成大家的困擾，但是卻任憑心中的怒火驅使。

「為什麼大家都好像覺得我比較奇怪？」

為什麼大家都要姑息？我還沒有說完。我還有想說的話。當我想要向前踏出一步時，忽然感到頭暈，身體彷彿被絆倒般，有種飄起來的感覺；指尖變得冰涼而失去溫度，但臉龐卻熱熱的。唉，來了，果然還是來了。

二十五天到三十天一次——在生理期開始的前兩、三天，我會無可控制地感到焦躁。生理期開始之前，精神狀況變得不穩定，並出現頭痛或暈眩等症狀，算是很常見的情況，不過如果症狀嚴重，就會被診斷為經前症候群（PMS）。PMS的症狀因人而異，有的人會感到不安而睡不著，有的人會變得無精打采，有的人會陷入悲觀，而我的情況則是毫無理由地發火，變得具有攻擊性。我會看不見周遭，無法制止自己，直到完全爆發怒火才能平息。

我當然也有看醫生，並且幾乎試過所有據說會有幫助的方法。避孕藥因為父親曾經罹患血栓症，因此被醫生阻止而無法使用，不過我試過中藥和營養劑，也乖乖聽人建議練習太極拳、瑜伽和皮拉提斯。我去做過針灸和推拿，讀了添加物和農藥會擾亂自律神經的書之後，也開始講究有機飲食。營養均衡的三餐、品質良好的睡眠、適度的運動，讓我肌膚變得漂亮，身體也變得強健而不易感冒，不過關鍵的生理前焦躁和生理後的暈眩及怕冷依舊沒有改善。

生理期剛開始的國中時期，症狀還沒有這麼嚴重，我也以為只是因為青春期而容易發脾氣。上了高中，突然襲來的怒氣變得越來越激烈，不過學生時期往往都能夠得到原諒。我也曾經在學校爆發怒火，但周圍的人多少是以看熱鬧的心態看待，而且每個月缺席一次也不是什麼大問題。

不過由於症狀逐年變得嚴重，在高三的時候，母親帶我去看婦產科。我因為認定婦產科是產婦去看的而抗拒，不過位在購物中心內的醫院乾淨明亮，醫生也是一位溫和的女醫生，讓我後悔沒有早點來看診。醫生溫和地告訴我，「妳可以儘管說出內心的想法」、「壓力是最大的敵人，所以不要累積不滿」，並診斷我應該是PMS，日文是經前症候群。診斷出症狀名稱讓我輕鬆了些，不過持續服用醫生開的中藥也沒有太大的效果。

上了大學之後，可以自由運用的時間變多了，因此我嘗試了各種方式，包括花草茶、精油、營養劑，每晚也會仔細地拉筋，還去上瑜伽和皮拉提斯，不過沒有感受到效果。即便如此，由於大學比較容易請假，因此我從生理期的三天前就請假待在家裡，只拿自己房間裡的東西出氣。

問題在出了社會之後。我畢業之後，立刻就到經營化學製品的企業就職。成為社會人士之後第一次的PMS，在我回家之後襲來。當時我已經開始獨居生活，靠著拿東西往牆壁摔，設法平息內心的焦躁。第二天工作時，我因為貧血而臉色蒼白，較資深的女同事還很體貼地建議我提早回去。

然而第二個月就沒有那麼順利。我的生理週期是二十五天到三十天不等，很難預測，而且在來臨之前沒有預感。當我突然湧起焦躁的感覺，就是PMS開始了。

在我總算漸入佳境的五月連假結束的上班日，小組長來到我的辦公桌前。

「影印。」

他輕描淡寫地把文件放在我的桌上，讓我突然感到惱火。文件上貼著便利貼，上面寫著三十五份。

「你剛剛說『影印』是嗎？」

「嗯。」

小組長一副「那又怎麼樣」的表情。

「光說『影印』，對方也不會瞭解要做什麼。」

「哦。」

「要說『這份文件要影印三十五份』，否則我不會明白。」

個性怯懦的小組長被我指責，虛弱地笑著說「真傷腦筋」。

「像這樣隨隨便便放在我桌上的文件，就算不小心沒注意到，也沒有人能指責吧？」

「嗯，沒錯。藤澤，妳說得對。」

小組長大概想要息事寧人，順從地對我低頭。我的腦中有某個角落告訴我，應該要在此罷手。周圍一開始在看熱鬧的人，也逐漸對小組長被新進員工抱怨的姿態感到同情。再多說一句話，我就會完全變成壞人。我明明知道這一點，但嘴巴卻無法停止攻擊。就職之後累積的緊張感，也增長了我的焦躁。

「請你不要用那種說話方式，好像覺得新人只要隨便安撫就行了。」

「抱歉冒犯了妳。我真的覺得妳說得沒錯，文件必須要慎重處理才行。」

小組長真的是太寬宏大量了。而且我其實也沒什麼特別強烈的主張，甚至覺得幫忙影印多少都沒關係，然而我內心的爆發必須要做一個了斷才能平息。

「我真的受夠了。」

說到這裡我甚至掉下眼淚。周圍的人為了我過度的情緒不穩而傻眼，也對我的執拗感到不耐，但我仍舊無法戰勝衝動。

「總之，我拒絕影印這份文件。」

我把文件退回給小組長。

「說得也是。」

小組長離開我的座位，自行前往影印機。

我不記得自己後來是怎麼度過那一天的。我只知道我的腦袋昏昏沉沉，手腳冰冷到好像快要凍僵。回到家，暈眩與後悔同時襲來。我並不是討厭小組長，也不是認為身為女人就要被迫從事雜務太奇怪了，純粹只是被焦躁驅使。但是這樣的藉口有誰會接受？我光是想到自己對小組長說的話，就感到不寒而慄。

明天我該以什麼樣的表情到公司？我根本沒辦法工作。不，也許大家並沒有像我想像的那麼在意。不要緊，不能請假。如果這時候請假，就會更難回去上班了。我設法鼓舞自己，第二天下定決心去上班。我鄭重地向小組長和上司道歉，說明自己因為身體狀況不好，使得精神上變得脆弱。或許因為我的氣色真的很差，就被當成是剛開始工作累積太多壓力，表面上得到寬恕。

我深刻體認到，要繼續待在這家公司、當個正常的社會人士，就不容許再次失敗。不能再靠中藥和花草茶來撐過一時了。光憑瑜伽和拉筋調節心理也沒有意義。有很多人遇上PMS就會困擾好幾天，不過我只要過了每個月一次的那一天，接下來就能恢復普通的日常生活。或許也因為如此，我雖然苦於情緒失控，但是長年以來也開始習慣，因而有些消極地放著不管，現在必須認真去治療才行。我上網搜尋起熟知PMS的醫生。

這家醫院名為「仕女診所」，建築外觀很時尚，令人聯想到咖啡廳或髮廊；室內播放輕快的音樂，氣氛很悠閒。

醫生是一位還算年輕的男士，讓我有些緊張，不過他的語氣很溫和，因此我得以說出至今的歷程。我告訴醫生，我沒有攝取咖啡因或酒精，也嘗試過花草茶和精油，努力不去累積壓力，也有適度活動身體。醫生邊聽邊仔細地回應「的確」、「嗯，這樣啊」，接著問我：

「藤澤小姐，妳現在最希望解決的問題是什麼？」

「我希望能夠解決生理期之前的焦躁感。這樣下去，我可能連工作都沒辦法持續……」

「說得也是。如果希望得到立即的效果，也可以嘗試依靠藥物。」

醫生說完，拿出小小的藥錠。

「在神經緊張的時候，增加大腦褪黑激素的分泌，就能使心情緩和下來。只要五分鐘就會開始生效，所以當妳感到快要出現焦躁症狀，就可以服用。」

「哦……」

我很難相信像這樣小小一顆藥錠，可以壓制那麼巨大的情緒爆發。

「這個跟中藥不一樣，馬上就會生效，不過有些人在不習慣的時候，可能會出現嗜睡或暈眩的副作用，所以第一次服用的時候最好在家裡嘗試。」

「好的。」

從醫院回家之後，我立刻服藥。使心情穩定下來會是什麼樣的感覺？藥物能夠抑制頭痛或肚子痛，但是真的連情緒都能夠控制嗎？我感到懷疑，不過在服用之後不到十分鐘，就感受到非常強烈的睡意。

我明明不想睡，卻好像硬是被拖入睡眠中，連體內深處都被控制住。我正覺得不妙，意識就變得輕飄飄的，不知流向何方，接著就直接睡著了。

我在床上大概睡了三十分鐘左右，醒來時殘留著輕微的倦怠感。我從來沒有服用過這麼強力的藥。

我雖然對藥效之強感到驚訝，不過我以為是因為在普通狀態服用才會想睡，如果在焦躁的時候服用，一定能夠平息情緒。醫生也說只要習慣之後，就不會出現副作用。下次遇到PMS的時候試試看吧？沒有別的方法了。

到了六月一日，距離上次的生理期二十四天，雖然覺得好像有點太早，不過焦躁症狀也有可能今天就會出現，因此我到了公司立刻服藥。我心想，這裡畢竟是職場，有適度的緊張感，應該不會那麼容易想睡。

然而在我服藥之後過了十分鐘，我再度感覺到那陣睡意襲來。不行，不行。我捏捏自己的臉頰並搖頭。

「啊，藤澤，請妳準備會議室。」

上司古山對我說話。我想要回答「好的」，卻發不出聲音。

「妳聽見了嗎？請妳準備會議室。」

「好的。」

我一站起來，就感到頭昏。

「不要緊嗎？」

「啊，不要緊。」

我應該回答得巧妙一點，但因為腦袋昏昏沉沉的，因此在被問到「是貧血嗎」的時候，不小心就回答「不是，只是想睡覺」，讓古山發出苦笑。

只要活動身體，應該就會清醒過來。我前往會議室，改變桌椅的排列，把資料分發到桌上。大腦和身體的活動都變得遲鈍，使我花了比平常更長的時間才完成工作，不過這樣應該就沒問題了。

距離會議開始還有幾分鐘。稍微閉一下眼睛吧。只要稍微瞇一下，應該會比較清醒。而且保持站姿，兩、三分鐘就會醒過來——或許是因為副作用的關係，導致腦筋無法正常運轉，我不知為何產生這樣的想法，靠在會議室角落的牆壁閉上眼睛。直到聽見大家進入會議室的聲音，我才恢復意識。

「哇，嚇我一跳。」

「怎麼了？」

我聽到幾個人驚訝的聲音。

「藤澤，妳該不會在睡覺吧？」

古山搖我的肩膀，我才張開眼睛。

「咦……」

我原本以為自己站著，但不知何時已經坐在會議室的角落睡熟了。

「一大早就這樣，太誇張了。」

我看到古山皺起眉頭，也聽見有人在說：

「上回是歇斯底里發作，這回是在睡覺？好可怕。」

「明明還是新人，真是大膽。」

完了。服藥後會出現自己也無法控制的睡意。我不可能吃這種藥。而且那陣焦躁又快要襲來了。下次當我再爆發怒火，一定會被認為是無可救藥的人物。

我必須在焦躁襲來之前離開。對了，今天之內就提出辭呈吧！我沒辦法在被大家當成怪人的情況下繼續工作。我連一分鐘都不想要再待在這裡。我倉皇逃入洗手間洗臉之後，下定這樣的決心。失去工作和繼續暴露這樣的自己，對我來說是同等沉重的狀況。

工作兩個月的新進員工，在或不在都一樣——不，以我的情況來說，不在反而更好吧？人事部很乾脆地接受我的辭呈，對我說：「很遺憾，不過妳似乎不適合這個職場，所以也只好這樣了。」看來我似乎不需要為辭職感到歉疚，或是擔心該不該交接的問題。

辭職之後，生理期就開始了。我在家裡待了一星期左右。然而我並沒有生病。我有體力，也想要活動。PMS沒有發作的時候，我的身體非常健康，而且沒有錢也沒辦法生活。一直怨天尤人也沒用，在家裡只會更加鬱悶而已。我勉強轉換心情，等生理期結束後立刻開始尋找打工機會，接下來的兩年左右，就靠比較能夠自由安排時間的兼差工作生活。我做過超市的收銀人員、家庭餐廳的服務生，除了生理期前以外，連週末或晚上都會排工作，因此能夠賺到足以生活的錢。

不過我內心仍舊覺得不能繼續這樣下去。我也感到不安，十年後、二十年後不知能不能繼續過著同樣的生活。我不能輸給這副身體。每個月當中才一天而已。我不想被這點事情扯後腿，浪費掉每一天。

向公司辭職後過了兩年，到了二十五歲，我開始找正職工作。我前往職業介紹所，挑選感覺比較能夠通融的小公司接受面試。當我老實說出PMS

的情況，對方就會苦惱地說「嗯～怎麼辦呢」便不予錄取，不過到了第六家面試的栗田金屬，總算獲得錄用。

「我老婆也每天對我不耐煩，每天都在發脾氣。」

當我老實說出自己每個月一次會因為神經過敏而煩躁，連自己都無法控制地變得歇斯底里，社長便這麼說。

「我也有更年期症狀，所以很能夠理解。」

住川也這麼說，並告訴我更年期的困擾。

老實說出來之後，我稍微感到輕鬆，不過我似乎不用擔心大家實際看到我爆發時的感受。不論我爆發多少次，社長都會說：「每個月只發一次脾氣，其他日子都笑咪咪地工作，完全沒有問題。」

住川也笑著說：「本人大概很難受，不過在旁邊看其實滿有趣的。」

或許是因為這兩人的影響，身為員工的平西和鈴木也輕鬆看待我的焦躁。

「為了避免成為藤澤的標的，我們得認真工作才行。」

「下個月向社長怒吼，叫他加薪吧。」

工作內容雖然單調，不過職場氣氛卻非常和諧。多虧如此，雖然每一、兩個月就會在公司對周圍的人發脾氣，我仍然在這裡工作了三年。

昨天對山添發飆之後，我因為暈眩無法平息而早退。我一開始也會對提早回家有罪惡感，不過這家公司或許是因為規模小而工作量少，即使有人休息兩、三天也不會妨礙工作，大家也不會特別在意。

「很抱歉讓大家看笑話了。」

我一大早就一邊道歉一邊發點心，社長便笑著說：「我剛好今天想要吃甜食。」

「我就猜妳總有一天會對山添發飆。」平西拿到點心之後立刻打開包裝。「那傢伙總是心不在焉。被妳罵過之後，今天還是遲到，膽子太大了。如果是我，被罵的第二天一定會做三倍的工作。」

開朗的平西不論說什麼都會開玩笑。我一開始不知道他的話有多少成分是認真的，因此感到困惑，不過現在則因為他的玩笑話而輕鬆許多。

「很抱歉，我遲到了。」

到了快要開始上班的時間，山添才進入辦公室，對著大家低聲地說。

「啊，這個給你。」

「哦……謝謝。」

我把點心放在桌上，山添便低頭道謝。

「昨天我心情有點煩躁，真對不起。」
「沒關係。我也知道應該要少喝碳酸飲料，可是忍不住就喝了……」
山添邊說邊把點心移到桌子邊緣，接著將包包放在桌上。
這家公司的人從社長到底下的員工，或許因為都有些年紀，因此通常不會太大驚小怪；不過山添才二十五歲，我擔心他會被突然怒吼的我嚇到。或許他真的不在意，表情跟平常沒有差別。
「藤澤發脾氣的第二天，大家都能得到點心，可以說是本公司慣例的樂趣。好，大家都到齊了。今天也請大家不要勉強、不要受傷、保持安全。」
聽到社長的聲音，我便回到自己的座位。
山添和平常一樣，邊嚼口香糖邊檢查帳單。我原本以為必須向山添說明我的狀況，不過看來沒有這個需要。
住川說「他的神經還真大條」，我也點頭回應「嗯，不過這樣也好」，接著打開電腦。
今天也要好好工作到五點。我得彌補昨天造成的困擾才行。我吁了一口氣，開始整理帳單。

＊

到了十一月下旬，接連好幾天寒冷的日子，彷彿已經跳過秋季的尾聲。

「這麼冷，真不想要打掃用水的地方。」

說話的住川正擦拭著熱水器旁的水槽。老舊的水槽即使天天認真清理，看起來仍舊有點髒。

「男人都不會在乎嗎……」

「我其實也不是很在乎。」

「真的？」住川聽我這麼說，發出懷疑的聲音。「我以為妳是那種家裡一定要乾乾淨淨才能安心的人。」

「我自己搬出來住之後，每週有使用一次吸塵器就算很好了。」

我常常被以為是很細心的人，不過其實我的個性滿大而化之的。聽人說我一板一眼，感覺就好像被指出在意他人眼光的弱點，因此我寧願被認為是個粗枝大葉的人。不過我這句話說得有點誇大，其實我每三天就會使用一次吸塵器。

「我一定要每天早上用吸塵器吸過一次才行。不過這也是因為我先生和小孩會把家裡弄得很亂。」

「真辛苦。那我去打掃洗手間吧。」

在下班時間前，我和住川會打掃辦公室。並沒有人特別命令我們，但因為沒有其他人做，而且交辦事務也沒有很多，所以有足夠的時間去做。我不好意思讓年長的住川去掃洗手間，於是打掃洗手間就成了我的工作。

「咦？」

我最後用紙巾擦完地板之後，發現掉在地上的藥錠。這是仍舊包在鋁箔紙內的兩顆藥錠。我檢視藥名，想要知道是誰的藥。Solanax——我好像看過這顆小小的藥錠，不過一時想不起來是在哪裡看過的。我拿著藥錠回到辦公室，看到社長和住川正跑向山添的座位。

「不要緊。」蹲著的山添發出虛弱的聲音。

「你說不要緊，可是流了好多汗。」住川拿毛巾按在山添的臉上。

「很抱歉。我只是輕微貧血，很快就會好了。」

面無血色的山添蹲在地上，搜尋自己的口袋和包包，但他的手部動作非常不穩，沒辦法正常活動。

看到他這副樣子，平常沉默寡言的鈴木也擔心地站起來說：

「要不要先躺一下？」

「不要緊。」

山添回答的聲音在顫抖，呼吸也很急促。這種時候應該靜下來休息，但他卻把包包裡的東西都倒在地板上。在這種情況，他到底還要找什麼？首先應該躺下來，不要勉強，可是他卻……啊，原來如此。他是在找藥。我想起來了。我去看PMS的醫院也曾給過我**Solanax**。那是我感受到強烈睡意、最後放棄服用的藥。

我把在洗手間撿到的藥錠放入山添手中，拿了杯子倒水遞給他。

2

事情發生得太突然，連我自己也不知道到底是怎麼回事。不過我清楚地記得那天的情景。

那是在兩年前，十月的第一個星期日。那一天天氣很好，我和女友千尋在很大的公園散步後走進拉麵店，吃著遲來的午餐。我點了鹽味拉麵和炒飯套餐，女友點了醬油拉麵。我曾來過這家店幾次，很喜歡他們的鹽味拉麵，不過這天吃起來卻覺得沒有特別好吃。

「味道好像變差了。」

「你嘴裡這麼說，可是還不是吃完了。」

「說得也對。」

我被千尋吐槽，站起來說「我們走吧」的時候，忽然感到一陣頭暈。我以為是因為突然站起來而一時暈眩，因此放慢腳步走路，結果頭更暈了，並且感受到前所未有的不舒服。我感覺好像快要吐出來、倒下去，胃部疼痛而臉色蒼白。我全身失去力量，心想再這樣下去大概就會失去意識。

「怎麼了？」

「不知道怎麼搞的……我感覺很不舒服。」

我回答後想要先到外面，就把錢包交給千尋，自己走出店門。

吹了風之後，感覺好像稍微好一點，但也只有短暫的片刻。很快地，我就感到更加不舒服。身上沒有任何地方感到疼痛，但卻噁心到了極點。

「不要緊嗎？」

「嗯。」

我本來想點頭，但雙腳一癱就倒下去。

「怎麼辦？要不要叫救護車？」

千尋擔心地問我。

救護車——也只能這樣了。以我目前的狀態，不可能憑自己的力量前往任何地方。我必須及早去除這樣的痛苦，否則感覺快要瘋了。

我雖然這麼想，但又覺得搭救護車很恐怖。光是想到被抬到車上、躺上床的樣子，我就全身起雞皮疙瘩。明明快要倒下去了，身體卻拚命地在抗拒被迫靜止不動。

「這個……我也不確定……」

「總之，先叫計程車去急診醫院吧。」

千尋一說完，就朝著大馬路舉起手。

「嗯，好……」

我到底是怎麼了？之前身體狀況完全沒有問題，早上也去公園稍微慢跑過，但此刻身體卻充滿了莫名的噁心感。我依照她的建議坐上計程車，前往距離最近、可以看急診的醫院。這時我連站著都感到吃力。

我到醫院之後，護士立刻說「這是過度換氣症候群」，遞給我紙袋後就讓我躺在床上量血壓和脈搏。在這段期間，我也沒辦法靜止不動，每次想要起身就會被提醒「不要動」。接受簡單檢查的過程中，我的呼吸逐漸穩定下來，快要失去的意識也恢復正常，看來似乎是撐過去了。檢查完畢之後，到了看診的時候，我不知道該如何向醫生說明。

我身上沒有任何地方會痛，也不知道有什麼症狀，只是感覺到難以言喻的噁心與難受。我感覺頭暈而快要失去意識，想要立刻回到自己家裡躺下來；如果不能早點躺下，彷彿就快要發瘋了。我有些語無倫次地說出這些情況，醫生就說：

「如果是這樣的症狀，有可能是腦部或心臟方面的問題，不過你說話還算清晰，手指也能活動吧？」

「嗯……」

「那應該就不用做腦部ＭＲＩ了。或許是心因性的原因吧。」

「心因性……」

「就是心理方面的問題。」

我聽了醫生的看法感到很驚訝。

「怎麼會？我沒有什麼壓力，也沒有特別煩惱的事情。」

不論是工作或生活方面，我都過得很充實，沒有任何深刻的煩惱。我如此回答，醫生就說：

「通常就是這種人容易出現症狀。不過為了保險起見，明天和後天等你穩定下來，再來檢查心臟吧。」

醫生說完給我止吐藥和胃藥。

既然都到醫院看急診了，我原本以為會接受更大規模的處置，但診察卻只有這樣就結束了。

我結完帳，和留下來等我的女友踏上回家的路時，除了體內深處還殘留著些許噁心，症狀已經穩定下來了。

「會不會是太累了？」

「嗯，也許吧。」

「今天先好好睡一覺吧。」

「知道了。」

我對千尋點頭，但卻感到不可思議，畢竟我的身體明明沒有任何部位感到疲累。

這天我在離開醫院之後就和千尋道別，回到住處，服用醫生開的藥並躺下來。揮之不去的倦怠感和胃部的不適仍舊持續著，不過幾乎要倒下的痛苦已經消失了。我躺著用手機搜尋自己目前的症狀，不久之後就昏昏欲睡。

次日當我醒來，全身起了雞皮疙瘩。到底是怎麼回事？果然還是哪裡不對勁嗎？雖然沒有說得出來的症狀或疼痛，但我強烈感受到如果出門大概又會倒下。這是我從未體驗過的感覺。到底是怎麼了？

今天我原本想要提早結束工作、回程去心臟內科就診，不過看樣子應該不太可能去上班了。我聯絡公司，說我星期天因為暈眩而去看急診，今天為了保險起見想要請假去醫院檢查，上司便體諒地說：「你平常都很努力，現在就好好休息吧。」

我在掛斷電話的同時，又產生跟昨天一樣、快要失去意識的感覺。我試著用冰塊冷卻頭部，或是躺下，卻無法穩定下來。我明明感到痛苦，卻不知道身體究竟想要什麼。我必須快點處理並抑制這個症狀，否則就無法生活。

我想要盡快前往醫院，便搜尋附近的心臟內科，立即前往。光是待在候診室，我就感到呼吸困難，一再站起來或喝水。抽血和心電圖檢查的過程中，我也幾乎快要撐不下去。接著我被裝上了據說要二十四小時檢查心臟活動的儀器。

我告訴醫生：「我想要停止這個噁心的感覺。」

醫生和我在急救醫院聽到的一樣，告訴我：

「心電圖沒有異常，或許有可能是心因性的症狀。」

「心因性……現在沒辦法處理嗎？」

「這裡不是專門的科別，而且要等到明天以後才會知道檢查結果，所以你先不要太在意，放輕鬆點吧。」

醫生只給了含糊的答覆，連藥都沒給我。

我設法回到住處，頓時感受到極大的疲勞，同時也覺得恐懼。從我去醫院到回來，才不到兩個小時，我卻連這麼短的外出時間都沒辦法順利應付。我今後該怎麼生活下去？

我眺望月曆。明天和後天當然都要工作，星期四還要發表新的企劃。星期六我預定要和學生時期的朋友去烤肉，下星期則是千尋的生日，已經訂了餐廳。月底我也答應要客串參加公司的業餘棒球比賽。直到前天為止，這些都是我很期待的活動；我對企劃本身很有自信，也等不及要見到半年才聚一次的朋友。可是此刻我眼前只有不安。不知道為什麼，期待的心情已經完全消失了。

莫名而沉重的不安、一再襲來的快要失去意識的感覺、全身起雞皮疙瘩、無法安定下來的狀態——到底是什麼原因，造成這些莫名其妙的症狀？

進入公司半年，我已經習慣工作，也能從中得到樂趣。職場上的人際關係很好，上司個性爽朗，也很肯定我的工作表現。私生活方面也沒有問題，從學生時期就一直交往的千尋雖然有些操心過度，不過個性正直開朗，跟她在一起很開心。我也有很要好的朋友。雖然不能說每一天都是完美的，卻過得相當充實。即使有時會因為工作感到疲累，但幾乎沒有任何煩惱或壓力。

所以當急診的醫生對我說「有可能是心因性的原因」時，我完全無法想像。

然而今天的醫生也說了同樣的話。突然產生的心悸、覺得好像快要死掉的恐懼、在必須保持靜止不動的場合感到痛苦、突然湧起的不安無法消除、害怕外出——這不可能是單純的疾病。出現問題的不只是身體。我雖然想不到原因，不過這或許就是心因性的疾病吧。

我等不及血液及心臟檢查的結果出來。我想要立刻排除此刻承受的極大痛苦，要不然我會覺得好像快要發瘋了。

我在網路上得知心因性症狀要去看身心內科，感到很驚訝。過去我不知道有這樣的醫院，不過在距離住處三十分鐘以內可以到達的範圍內，就有四家身心內科。只不過每一家似乎都要預約，因此我便打電話到評價似乎不錯的一家。

「請問有什麼樣的問題呢？」

電話中的女性說話的聲音聽起來很體貼。或許是顧慮到對方有心因性的疾病，不知道會為了什麼因素而受傷吧。

「我去看內科，醫生說我有可能是心因性的疾病。」

「這樣啊。現在還好嗎？」

「嗯，現在還好。」
「您要預約初診吧？」
「是的，拜託了。」
「最接近的日期是兩個月後……」
這個日期未免要等太久了。有那麼多病患嗎？我沒聽說過周遭的人去看身心內科，不過罹患心因性疾病的人比我想像的還多。然而以我目前的狀態，沒辦法等到兩個月後。我希望能夠立刻平息症狀。我回答「那就不用了」並掛斷電話，然後聯絡另一間身心內科，但這家也一樣，初診預約要等到一個月後。我內心感到焦急，不知如何是好，打電話給第三家醫院，總算得以預約到兩天後的星期三早上。光是想到可以去身心內科請醫生診察我的症狀，我就感覺好像得到救贖。
次日，我以身上裝了心電圖檢查儀器為由請假，說我會在星期三早上去過醫院之後再上班。其實醫生要我在裝了儀器的期間也依照平常方式生活，不過憑我這副身體，不太可能去上班。雖然要休息兩天半讓我感到過意不去，但或許是因為星期日才去看過急診，因此上司很爽快地應允了。
千尋打了好幾次電話給我，擔心地問要不要來看我，但是我無法好好回答。我的心臟一直劇烈跳動。除了獨自乖乖躺著之外，我想不出有什麼其他方法可以撐過這個狀態。

不用擔心，我只是現在變得不太對勁，星期三早上去看身心內科之後，一定能夠找到解決方案。四天前，我想都沒想就去上班了。只要服藥之後，就能恢復原本的狀態。我如此相信，並等待時間過去。

星期二傍晚，我去心臟內科回診，果然一如預期，檢查結果沒有發現異常。

心臟內科的醫生對我說：「也許是壓力，或是累積太多疲勞。最重要的還是要放慢步調。」

唉，我想也是。這裡沒辦法治療我現在的症狀。我腦中只想著要早點去看身心內科。去那裡之後，一定能夠解決我現在的問題。

雖然沒有去醫院看急診的那次那麼嚴重，不過在迎接星期三早晨之前，那股難以言喻的噁心感一再襲來。

那家醫院在從家裡走路十五分鐘的距離。位於成立不到兩、三年的醫療大樓中，或許是為了考量到不要與其他人碰面，身心內科坐落在最裡面、最不起眼的地方。

我在櫃檯報上名字，簡單地填寫問診單，就立刻被帶入診察室。我得救了。再過片刻，我就能恢復原狀。

「嗯，你這是恐慌症。」

大概才四十歲左右的醫生聽我描述症狀之後，非常乾脆地告訴我，遞給我說明恐慌症的小冊子。

「當你處在無處可逃的地方，或是容易感到緊張的場面，就會感到痛苦吧？心情不穩定也是因為恐慌的關係。來，我給你開三種藥。首先是抑止發作的藥，有立即生效的 Solanax，還有慢慢生效的 Meilax。另外還有為了根治的SSRI，也就是要服用抗憂鬱劑，這個的話就用舍曲林吧。」

醫生沒有做觸診或其他檢查，只是聽我簡單敘述自己的狀況，就開始說明藥物。我雖然一方面想要依賴任何藥物來得到解脫，另一方面也會感到不安，不知道這樣是否真的妥當。

「可是我平常沒什麼壓力，而且現在也沒有特別擔心的事情……」

我補充說明，不過醫生卻說：

「嗯，我知道。雖然大家常常誤會，不過恐慌症並不只有心理方面的原因。所以要服用藥物治療才行。」

醫生似乎做過很多次同樣的說明，一邊把病歷打進電腦裡一邊回答。

「這樣啊……」

「總之，你先服藥看看。還有，如果累積過多乳酸，就會容易發作，所以要避免激烈運動，不要造成肌肉酸痛。另外也要少喝酒或咖啡因飲料。」

醫生說明之後，診療就結束了。我應該還有更多該說的話、該問的問題，卻不知道該說什麼。對醫生來說，診察的是眼睛看不見的地方，當然也只能聽病人述說吧。不過光是說明症狀就拿到藥，而且還是對腦部產生作用的藥，不免讓我感到怪怪的。

我雖然有些抗拒，但離開醫院之後，還是立刻服用據說可以抑制發作的Solanax，然後直接前往公司。現在只能依靠藥物，不能抱怨什麼。就如醫生說的，藥物立刻產生效果；服用之後沒過多久，我就覺得身體輕飄飄的，緊張的神經逐漸變得平穩。我對於小小藥錠的力量感到恐懼，然而好久沒有如此穩定的感覺還是很好。

到公司要搭乘三十分鐘的電車。十點前的車廂內比平常通勤時間空了許多。我上電車時內心感到慶幸，但是在電車門關上的同時，我又產生不好的預感。

不，這只是心理作用。我壓抑隨時要湧起的不安。根據醫生的說明，在電車或牙醫診所這種身體無法自由活動的地方，往往容易發作，不過我並不會特別畏懼這些地方。我告訴自己，我從來就不會害怕搭乘交通工具，而且不論車上有多擠都不會在乎，但此刻我仍舊全身冒汗。距離公司還有五站，不可能會發生任何事，而且我也吃了藥。我把身體靠在車門上，一再深呼吸。還有四站。每當電車到達車站、車門打開，我就會吸入一大口氣。醫生說過，恐慌症發作也不會致死，檢查結果也沒有任何問題。這只是大腦錯誤運作而導致的。我在腦中反覆回想著恐慌症小冊子上的內容及醫生說過的話。還有一站，一定要忍耐。我不能繼續向公司請假了。我不能在這裡倒下來。我握緊拳頭，努力撐住幾乎要暈厥的意識，終於抵達距離公司最近的車站。

接下來只要再走五分鐘左右。走在外面比待在電車車廂內好多了，不過到達公司時，我已經筋疲力竭，即使在旁人眼中，大概也不像是可以工作的樣子。

大家體貼地對我說：「不要緊嗎？」「如果還沒有恢復正常狀況的話，就不要勉強吧。」

「我不要緊。很抱歉，休息了兩天以上。」

我回答時，或許是藥物的副作用，突然產生強烈的睡意與噁心感，並感到頭昏眼花。

直屬上司辻本課長說：「反正慢慢進入狀況就行了。」

我鞠躬之後回到自己的座位上，立刻覺得還是不行。

和吃拉麵的那個星期天一樣，我感受到力氣從指尖消失的噁心感。一大堆人、不間斷的聲音、緊閉的窗戶——我不自覺地確認出口。到底是怎麼了？我並沒有被關起來，想到外面就可以到外面。我明明明白，卻聽見內心在吶喊救命，光是靜靜坐著就無比難受。不行。我已經無法做任何事了。我得的病比我想像的更難熬。

我追加服用 **Solanax**。這天雖然周圍的人對我說了好幾次「你還是休息吧」，不過我還是勉強撐過去了。不知是因為藥物還是發作的關係，我的腦袋昏昏沉沉的，沒有明確的記憶。

回程時我搭乘各站停車的電車，不是誇張、而是真的冒著生命危險回到住處之後，就立刻倒在床上。

我沒辦法再出門了。我沒辦法搭電車，也沒辦法上班。這就是我度過今天一整天之後的結論。到底是哪裡出了什麼問題？直到上星期，我都能夠毫無困難、什麼都不用想就度過每一天。就職之後半年，工作方面很有成就感，春天進行的健康檢查結果也很好；可是現在，我的身體到底出了什麼問題？我非常健康，想要出門，也想要工作。我明明屬於開朗樂觀的個性，為什麼身體卻朝著意想不到的方向前進？

次日早晨，我在醫院開門的同時衝入身心內科。我沒有預約，但是我告訴櫃檯，醫生給的藥沒有效果，我感到痛苦難耐，想要設法改變現在這樣的狀態，他們就讓我進入診察室。

醫生告訴我：

「抗憂鬱劑要等兩星期到一個月才會生效。在那之前，就靠抗焦慮劑來撐過去吧。我會幫你增加 **Solanax** 的劑量。還有，抗憂鬱劑方面，用 **Paxil** 會比舍曲林更容易產生效果吧。」

「哦……」

「不要想太多比較好。有很多人要花十幾二十年才能治好恐慌症。不要焦急，重要的是要抱著和疾病和平相處的心態。」

醫生如此告訴我。

十年、二十年？難道要白白浪費掉二十多歲最有體力和精神的年輕時光？我絕對無法忍受這種狀況持續十年。我感到絕望。原本是抱著求助的心情來到醫院，最後卻只是換了藥的種類，並增加劑量。

診察後，我前往車站想要上班，但不論是去公司或搭乘電車，都變得比昨天更加艱難。我和不久前的自己已經完全不一樣了，沒有任何治癒的希望或跡象。為了避免造成更大的困擾，我必須早點辭職才行。就因為喜歡這個職場，我才更加這麼想。

回到家之後，我打電話到公司，告訴辻本課長，我的身體狀況不甚理想，不太可能繼續工作。辻本課長很關心我的身體狀況，問我「有那麼糟糕嗎」。

不知為何，我無法老實說出是恐慌症。我害怕被認為是懦弱的人，而且也知道如果說出來，課長大概會對我說「有任何困難就找我商量吧」。我自己原本也以為心因性疾病是因為壓力，或是心情變得脆弱而造成的，跟我差距二十歲以上的辻本課長不可能會瞭解恐慌症。

「是什麼樣的疾病？」辻本課長問了理所當然的問題。

「這個還不是很清楚……只是我現在連走動都有困難。」

我不知道該如何解釋，只能含糊地回答。

辻本課長建議我可以先請假，乾脆停職一個月再回來也可以，不需要辭職；但是我不認為停職之後，自己就能回到工作崗位。即使在打這通電話的此刻，我的身體也在顫抖。我開始冒出冷汗，呼吸困難。我甚至沒有餘力去感謝辻本課長慰留我、關心我病情的心意。

辻本課長或許也察覺到這樣的狀況，便對我說：「我知道了。我不會再多問，不過你隨時都可以回來。」接著他就替我把電話轉給事務部門的人，以便透過郵寄方式辦理離職手續。

辻本課長是個不拘小節、個性大膽的人，明明很有工作能力，卻常常忘記在文件上加註日期，或是在郵件上寫名字，就連身為新人的我們也常常吐槽他。不過他的包容力很高，即使面對剛進入公司的我們，也會鼓勵地說「這個點子不錯」、「試試看吧」；在我們快要失敗的時候，他會支援我們；進行得順利時，他就會裝出一副與自己無關的樣子，讚美我們「真厲害」。我很喜歡辻本課長。

雖然只工作了半年，但是我甚至無法到照顧我的公司去打招呼。我掛上電話之後就淚流滿面。

＊

「我已經好多了，一個人回家也沒問題。而且我住得也很近。」

離開公司走了一陣子之後，我這麼說。

「我還是送你到家門口吧。」

藤澤邊說邊繼續走。

多虧她拿給我的藥，我的發作過了一陣子就平息了。栗田社長說「如果路上又暈倒就糟糕了」，堅持要開車送我，但是我無法忍受搭乘別人開的車，自己一個人慢慢走回家反倒比較輕鬆。我拒絕他說「我怕我會暈車」，不過他還是擔心我一個人會出事，於是就由藤澤送我回家。

「山添，原來你是走路來上班的。」

「是的。」

「要不要幫你拿行李？」

「不用了。」

我敷衍地回應藤澤的話。我的腦袋昏昏沉沉的，現在大概沒辦法和任何人交流。

「要不要先到便利商店，買些簡單的食物和飲料回家？」

「不用了。」

從公司走到家要十五分鐘。過了車站，穿過短短的商店街，再走一陣子，就到我住的公寓。我看到車站，就向藤澤鞠躬，說：

「藤澤，妳要搭電車吧？到這裡就可以了。」

「真的不要緊嗎？」

「嗯。我只是有一瞬間感到頭暈，現在已經沒問題了。」

剛剛吃的藥也已經發揮效力，現在我已經不會頭暈，更重要的是我想要獨處。只要有人在身旁，我就會神經緊繃，感覺好像又要發作了。

「這樣啊。那你自己小心點吧。」

「謝謝。」

藤澤說「那我先走了」之後，就轉身離開。

總算解脫了。恢復自己一個人之後，我鬆了一口氣。我想要趕快回到家躺下來。為了避免心跳加速，我慢慢地向前走。

被診斷為恐慌症後過了兩年，多虧嘗試各種藥物，發作的次數和劇烈程度，以及日常的焦慮感已經穩定許多，不過偶爾還是會像這樣發作。雖然設法找到現在這家公司就職，但目前這就是我的最大極限。我現在服用的抗焦慮劑和抗憂鬱劑都已經達到最高劑量，沒有其他手段了，只能設法和恐慌症和平相處——想到這裡，我忽然感到奇怪。

當我倒下時，藤澤毫不猶豫地把 Solanax 放入我的手中。她應該是撿到我弄丟的藥，可是她怎麼知道是我的？如果是其他疾病的藥，不是很恐怖嗎？

我邊想邊爬上公寓的階梯。上了二樓，就是我的房間。屋齡四十多年的這棟建築日照不良，除了可以走路到現在的公司，以及租金便宜之外，沒有其他的優點。辭掉上一個工作之後，我只能靠學生時期打工與工作半年存下的錢生活，因此搬到租金便宜的這裡。我不會請人到家裡作客，只要能睡覺就行了。對現在的我來說，這個住處剛剛好。

來到家門口，我頓時感到安心。接下來只要睡覺，一天就結束了。光是平安無事，我就感到滿足。

當我從皮包拿出鑰匙時，我聽到背後有人對我說：

「給你。」

我轉頭，看到藤澤站在那裡。

「我去便利商店買的。裡面有隨便挑的運動飲料、碳酸飲料，還有飯糰之類的。」

「哦……」

「我猜你大概想要一個人走路，可是回到家之後，可能也懶得出來買吃的或喝的……雖然好像有點多管閒事。」

藤澤把便利商店的袋子塞入我手中。

「妳怎麼知道我住在哪裡？」

「你走得很慢，所以我出了便利商店之後，也能立刻找到你。」

我一心一意只想著要回到房間，完全沒有發覺到藤澤走在我後面。

「這樣啊……啊，對不起，錢我來付吧。」

「不用了，我只是隨便買買而已。那就再見了。」

「那個，藤澤……」

我叫住準備回去的藤澤。

「什麼事？」

「妳怎麼會知道那個藥是我的？」

「哪個藥？」

「就是妳在公司拿給我的藥。」

我想要早點回到房間，可是同時又想要釐清自己在意的問題。內心如果一直有疙瘩，對於恐慌症會造成不良影響。

「我是在洗手間撿到的。後來回到辦公室，看到你好像很難受，卻還忙著搜尋包包，我就猜想你大概是在找藥。」

她難道不怕給錯藥嗎？她上一個工作跟醫療有關嗎？

「而且我也服用過那種藥。」

藤澤或許是察覺到我內心的疑問，便補充一句。

「妳服用過？」

「那是 Solanax 吧？幾年前我只服用過一次──啊，不過我不是恐慌症。」

藤澤的話讓我感到呼吸困難。「我不是恐慌症」，那麼她想說誰是恐慌症？莫非她已經察覺到我的病症？我想要向她確認：「妳知道我有恐慌症嗎？」但是這樣一來就等於承認自己有這樣的疾病。醫生雖然說，越是坦承自己有恐慌症，就越是能夠安心而不會發作，但真的是這樣嗎？

我第一個告知自己得到恐慌症的對象，是當時交往的千尋。她難以相信的程度甚至超過了我的驚訝。

「怎麼可能？孝俊，你不是很健康嗎？而且你根本沒什麼煩惱吧？」

千尋一再勸我，「醫生一定是隨便說說在敷衍你，最好還是去大一點的醫院接受檢查。如果沒有發現到真正的疾病就太可怕了」；然而連電車都無法搭乘的我，不可能在綜合醫院等待叫號，更不可能進入ＭＲＩ檢查室，因此我沒有接受她的提議。千尋的口氣逐漸變得嚴厲，像是：「你應該更認真面對疾病才行！」「難道你想要一輩子都這樣嗎？」她當然也努力嘗試過要理解恐慌症，但似乎還是無法忍受。雖然說是生病，但看起來沒有任何問題。不去工作而窩在家裡的我，看起來大概像是不打算去解決任何問題，而她大概也對看不到前景的日子感到憂鬱吧。「沒辦法恢復原狀了嗎？」千詢問了幾次，然後沮喪地說「我什麼都幫不上忙」。我既然無法回到過去的我，當然也沒辦法跟他人交往。得到恐慌症之後不到半年，我們的關係就結束了。

至於學生時期跟我很要好的青木，我為了取消週末烤肉的約定，曾打電話給他。我用一副沒什麼大不了的口吻告訴他，「我被診斷出恐慌症了」，原本以為他會笑著說「沒想到你竟然會得恐慌症」，但是他卻說：

「這樣啊。山添，你總是很努力地幫大家炒熱氣氛。不要太勉強。我從以前就擔心，你總是跟所有人都很要好，時時在意周圍的人，總有一天會累垮。一定是神明在告訴你，要好好休息一陣子。」

青木在電話中的鼓勵讓我感到意外。我並不認為自己太過勉強。和所有人交朋友、炒熱氣氛，都是我喜歡而做的。跟大家在一起讓我感到開心，我也不會過度在意他人。不過即使否定他的說法也沒用。我只能說「嗯，謝謝，真抱歉」就掛斷電話。

在那之後，青木又傳了幾次簡訊給我，問我「還好嗎」。如果回答「很好」，要是他邀我出門，我會感到很困擾；但是回答「很難受」也不太對。我煩惱很久，不知該怎麼回答，結果一直沒有回覆，原本頻繁收到的簡訊也變成幾個月才傳來一次。青木以外的朋友也一樣。在沒有回覆幾次邀約之後，聯絡次數就減少，只有偶爾會收到無關痛癢的簡訊。我身邊原本很熱鬧，但不到一年就變得冷清。我稍微能夠適應恐慌症之後，找到現在的公司就職，生活總算勉強回到軌道。不過我已經兩年以上斷絕聯絡，到現在已經沒有可以輕易聯絡的朋友了。

有時我會在某個瞬間忽然感到孤獨。我想要聊天，但卻沒有對象。我只能獨自一個人嗎？今後我永遠都無法和他人深入交流嗎？想到這裡，我就會感到無可救藥的悲傷。不，我不能只是陷入感傷。如果和其他人在一起，我就得承受擔心發作的壓力。不論經歷幾次，發作還是很可怕。如果獨處能夠讓我的心情平穩，那麼這樣就行了。

既然得到恐慌症，我也只能認命。

我告知得到恐慌症的對象只有千尋和青木。我甚至沒有告訴雙親。要是得知原本開朗快活的兒子得了那種莫名其妙的病，他們一定會感到悲傷。

恐慌症已經越來越為人所知，但是仍舊存在著誤解。我無法對沒有很熟的藤澤老實說出這樣的病名。

「我是因為PMS服用的。」

我什麼都沒說，藤澤卻告訴我。

「PMS……哦，就是那個……」

得到恐慌症之後，我在網路上搜尋各種症狀類似的疾病資訊。看到這些內容會讓我感到更難受，但我只要有空，就不免會去看關於恐慌症的網頁。聽到英文字母的PMS時，我一時無法會意，不過我知道那是在生理期來臨前心理狀態不穩定的症狀。

「就是經前症候群吧？」

「沒錯。因為跟男人提起生理期的話題有點尷尬，所以我才想要用聽起來比較時尚的說法。」藤澤笑了笑，然後揮揮手說：

「我們彼此都別太勉強，好好加油吧。拜拜。」

「彼此？」

她說「彼此」是什麼意思？這個人把PMS和痛苦到快要死掉的恐慌症相提並論嗎？

「我是指，彼此都別太苛求自己。啊，我又多管閒事了嗎？」

「沒有多管閒事，不過我覺得完全不一樣……」

我無法不反駁一句，便這麼說。

「不一樣？」

「我只是忽然覺得，PMS和恐慌症比起來，不論是痛苦程度，或是伴隨而來的煩惱，未免都差得太遠了。」

「這樣啊。原來疾病也有分等級。你覺得PMS還不算什麼嗎？」藤澤的口吻像在開玩笑，說完「那我走了」便轉身離去。

進入房間放下行李之後，我直接坐在地板上。恐慌症發作往往在三十分鐘之後平息，在那之後就好像沒發生過什麼般銷聲匿跡，不過我在發作之後，有好一陣子都會很疲憊。

我從藤澤給我的袋子裡拿出碳酸飲料。當醫生說酒精和咖啡因對恐慌症有不良影響時，我立刻就戒掉了；不過即使醫生說最好少喝碳酸飲料，我也無法不喝。

冰冷的液體通過喉嚨時，身體就會變得平靜。我感覺到原本偏向不穩定的身體狀態被碳酸飲料拉回正常。薄荷錠、口香糖和碳酸飲料，這些具有刺激性的食物進入體內，彷彿可以壓制住浮躁的身體，因此我常常吃或喝這些東西。

對了，藤澤上次對我打開寶特瓶蓋的聲音發飆。我想起不久前發生的事，不禁苦笑。她突然發那麼大的脾氣，我原本以為她是個歇斯底里的人，不過原來是ＰＭＳ。

在我想到這件事的同時，我也想起她說的那句「原來疾病也有等級」。我是不是在不知不覺中，就仗恃自己的病呢？應該不是吧。這本來就是事實，沒什麼好爭辯的。

恐慌症當然比ＰＭＳ更難受——不，真的是這樣嗎？我不僅不瞭解ＰＭ

S，甚至連生理期也不懂。也許實際上比我想像的更難受。唉，別去想了，這種事跟我無關。我一口氣喝下碳酸飲料，想要把不斷湧起並準備擴散的思緒揮開。

雖然幾乎沒有活動，但身體每到夜晚就會疲憊不堪。總之，先去睡覺吧。我服用了 Meilax 和 Paxil，就鑽入一直鋪著沒有收拾的棉被裡。

3

五年前，我曾經調查過在婦產科拿到的藥。當時我得知，服用Solanax的症狀除了ＰＭＳ以外，還有憂鬱症和恐慌症。我應該在幾個網站上看過、也知道恐慌症是什麼樣的病。

可是直到看見山添發作的樣子，我都沒有發覺到他有恐慌症。

吃糖或嚼口香糖有可能是為了穩定心情，遲到也可能是因為無法按照自己的意願行動，更何況他的氣色也很差，可是為什麼我會輕易地把他當成沒有幹勁的人呢？

「月經不是疾病。」

很多人都這麼想。即使同樣身為女性，也曾有人對我說過，拿生理期當理由請假是偷懶。我不知道ＰＭＳ能不能稱作疾病，也不想要得到同情或擔心，但這絕對不是心情的問題，而是身體不論如何就是無法按照自己的意思活動。不論如何努力，我都無法控制情緒。如果能夠治癒，我願意做任何事。以前的我煩惱著該如何讓周圍的人理解，然而對於自己以外的疾病，我卻跟嘲笑懷孕與月經的男人一樣無知。

雖然說是因為PMS的關係，但是光是喝碳酸飲料就遭受那麼強烈的抗議，山添一定感到很莫名其妙吧。

因為發作而蹲在地上縮成一團的山添，看起來真的好像快要死了。公司的人大概都不知道他有恐慌症。山添沒有把自己的情況告訴任何人嗎？我腦中浮現他暗沉的臉色、邋遢留長的頭髮，以及無精打采的聲音。我或許是極少數知道他有恐慌症的人之一。

或許是對於自己不知情就責難他感到歉疚，或者是出自同病相憐的團體意識，雖然不知道原動力是什麼，不過既然發覺到他的狀況，我就無法坐視不管。

＊

「有什麼事嗎？」

星期六，我按了山添住處的門鈴。他雖然表情還算平淡，但仍顯露出驚訝的神色。

「嗨。你該不會還在睡覺吧？」

「沒有，我早就起來了。現在都已經過了中午。」

山添回答我。他穿著運動服，頭髮蓬亂。

「這樣啊。說得也是。」

「有什麼事嗎？」

「其實我一直覺得你那個髮型很糟糕。」

「髮型……？」

「上個月你進公司的時候，我就覺得很誇張了，現在變得更長，可以說慘不忍睹……」

「妳在假日特地過來說這種話？」

山添皺起眉頭，疲倦的表情變得更加沉重。

「所以說，如果你願意的話，我想幫你剪。」

「剪什麼？」

「你的頭髮。」

我從包包拿出剪髮用的剪刀給他看，他的眉頭皺得更深了。

「我完全無法理解妳在說什麼。」

「我在說，你的頭髮太長了，讓我來幫你剪吧！我可以先進門嗎？」

接近十二月的戶外很冷。我縮起身體。

「藤澤，妳這樣很恐怖。」

山添雖然這麼說，不過還是讓我進去。

房間裡的老舊程度不輸外觀，寒酸的空間裡只有四個半榻榻米大的和室，以及很簡單的廚房。

「打擾了。」

「房間有點亂……」

「不會，沒問題。」

雖然棉被仍舊鋪在地上，不過因為沒什麼東西，所以房間還算整齊。

「我應該要泡茶嗎？啊，家裡沒有茶。喝水可以嗎？」

山添從廚房問我，我便搖頭說：

「不用麻煩了。我只是來剪頭髮的，剪完就回去了。」

我放下包包，從裡面拿出梳子和剪髮用的斗篷。山添只是呆呆站著看我。他的頭髮留到快要及肩，已經看不出原本是什麼樣的髮型，不僅完全稱不上好看，而且看起來很不健康。

「藤澤，妳以前是美髮師嗎？」

呆呆站著的山添問我。

「美髮師？」

「到現在這家公司上班以前——」

「不是。」

我上一個工作是在化學製品的公司，後來打工則是在超市或家庭餐廳。我只有以客人的身分去過髮廊。

「那為什麼？」

「什麼為什麼？」

「妳為什麼會想要剪頭髮，而且是剪別人的頭髮？」

「因為你的頭髮留得很長，而且老實說，實在不怎麼好看。剪完頭髮應該會清爽很多吧。」

昨天晚上，我瀏覽了關於恐慌症的各種資訊，讀到一篇文章指出髮廊和牙醫是最大難關。據說是因為坐著不動、任憑他人擺布會造成恐慌症患者極大的緊張感。正因為這樣，山添的頭髮才會這麼邋遢。我從以前手就算靈巧，雖然沒有剪過別人的頭髮，不過應該不會很難才對。

當我想到要幫山添剪頭髮，頓時興奮地覺得這個點子太棒了，買了理髮用的剪刀和斗篷，專程來到這裡。

「我會很快剪完。剪頭髮的時候，你也可以自由活動。對了，你可以喝碳酸飲料，也可以嚼口香糖。」

「這裡是我自己的家，所以應該不會發作才對。」

「這樣啊。那麼，嗯……」

我環顧四周，沒有看到椅子。山添的房間裡只有棉被和矮桌。

「只好坐在地板上了。那就開始吧！」

我把棉被挪到角落，把斗篷和剪刀放在桌上。山添說：

「我沒有說我要剪頭髮吧？」

「可是你的頭髮留這麼長了耶？」

「嗯，沒關係。」

「啊，對了，你別客氣，我不會收你理髮費用。」

「那當然了。妳又不是美髮師。」

「那你還在意什麼？可以在自己家裡免費剪頭髮，你不覺得賺到了嗎？」

「哪裡算賺到？」

「想想看，你要去外面剪頭髮，首先要聯絡髮廊預約，然後在約定時間前往髮廊不能遲到；到了之後會被圍上沉重的斗篷，有個素不相識的美髮師一直站在你身後。你得坐在看起來好像可以放鬆、實際上一點都沒辦法放鬆的大椅子上，看著鏡子裡的自己。相較於忍受那樣的時間，讓我剪頭髮簡直就是天堂吧？」

山添邊聽我的主張邊嘀咕「在說什麼啊……」，不過最後還是點頭說「妳說得也許沒錯」。

「那就決定了。既然決定了，就快點開始吧！」

我讓山添坐在矮桌前，然後跪在他後面。我雖然有一瞬間想到，自己此刻和男人單獨處於一室，不過山添毫無活力，簡直就像靈魂出竅的空殼，因此我沒有感受到任何恐懼或緊張。

我邊梳他的頭邊問：「呃，你想要剪什麼樣的髮型？」

山添回答：「隨便。」

「隨便？你平常都剪什麼樣的髮型？」

山添的頭髮蓬鬆而柔軟。如果好好去髮廊剪頭髮，應該會很有型才對。

「我平常都去站前的『11cut』，請他們剪短到不會太奇怪的程度。這樣的話，我就可以好一陣子不去剪頭髮了。」

「那我就照自己的意思幫你剪囉。」

11cut——我雖然沒去過，不過我知道那是一間可以快速剪髮的平價理髮店。看來他應該不會太講究髮型。我鼓起勇氣剪下去，就聽到山添驚訝的聲音：

「妳一下子就剪這麼多？」

「嗯，別擔心。我先大概剪短之後再幫你修。」

「這樣啊……」

山添點頭，然後突然回頭看我。

「哇，好危險。怎麼了？」

「沒有。我只是有點驚訝，妳就是那個藤澤吧？」

「那個藤澤？」

「妳平常在公司很安靜，而且很在意周圍的人吧？我很難想像妳會突然跑到別人家來剪頭髮，所以忽然想到該不會是認錯人了。不過不管是什麼樣的人，都不會隨便來剪別人頭髮。」

「是嗎？」

「藤澤，沒想到妳滿大膽的。」

「大膽？」

從小到大，別人對我的評價都是怯懦文靜，因此我一直覺得大膽是跟自己沾不上邊的形容。我只是想到要剪他的頭髮，沒想太多就來了，不過這個狀況的確很大膽。原來我也能夠得到這樣的評價——這個念頭讓我感到很得意。

「那我就繼續剪囉。」

「嗯……」

我把他的鬢髮剪到耳朵下緣，再配合這個長度剪後面的頭髮。頭髮不斷從剪刀的刀刃之間溜走，其實很不好剪。我決定用左手夾起頭髮來剪。

山添坐著不動，又開口說：「原來妳以前想要當美髮師，不過後來卻從事完全不同的職業。」

「美髮師？」

「妳現在雖然不是，可是其實很想當美髮師吧？」

「完全沒有。」

我不可能從事這麼勞神費心的工作。

「妳既不是美髮師，也不想當美髮師，卻在剪頭髮……那這個斗篷跟剪刀是哪來的？」

或許是因為在自己家裡比較放鬆，山添的聲音比平常穩定多了。

「我是在百圓商店買的。那裡真的什麼都有。」

「藤澤，妳真是怪人。」

「是嗎？」

我回答時內心正感到焦慮。我原本以為剪頭髮很簡單，可是怎麼剪都無法剪成理想的髮型。

「藤澤，沒問題嗎？」

「大概……啊，我先剪前面的頭髮取得平衡吧。」

「哦……」

後面與旁邊的頭髮不知不覺中已經剪到高於耳朵幾公分。或許是因為太短，看起來就像放在頭上的蓋子般滑稽。我心想大概是因為整體不夠均衡才會很奇怪，因此把瀏海也剪到眉毛上方，卻沒辦法剪出理想的髮型。

「咦，奇怪……」
「藤澤，我可以先看一下鏡子嗎？」
「不行，等一下，再給我一點機會。」
「再給妳機會？什麼意思？妳失敗了嗎？」
「我沒有失敗。髮型本來就是自由的。」
「我去照一下鏡子。」
山添說完就前往洗手間。
糟糕。我原本以為理髮很簡單，可是卻沒想到這麼困難。山添的髮型再怎麼勉強都沒辦法稱得上好看。他或許是因為看到悽慘的髮型而深受打擊，遲遲沒有回來。
「不要緊嗎？」
我朝著洗手間詢問，但沒有得到回音。怎麼回事？他一定是被自己的髮型嚇到而發作了。
「山添，藥在哪裡？」
我到廚房準備水並問他。
「不是……藤澤……」

山添無力地走出洗手間，直接癱坐在地上。

「振作點。冷靜點。來，水給你，喝水吧！」我把杯子遞給他。

他晃動著肩膀對我說：「不行……我要是現在喝水，一定會噴出來。」

「怎麼了？你最好先吃藥……」

「不是這樣……」

「不是這樣？」

「實在是太奇怪了……」

「嗯，因為太奇怪，讓你很難受吧？對不起，我會想辦法改善。」

我摸著山添的背對他說。他此刻抱著肚子蹲在地上。

「不是這樣的。」

山添的身體劇烈搖晃。這是過度呼吸的症狀。

「你要紙袋嗎？」

「我說了，不是這樣……我已經兩年都沒有……」

「兩年都沒有什麼？」

「兩年都沒笑了……因為太久沒笑，害我胸口好痛……」

山添抬起頭，按著側腹部發出不成聲的笑聲。

「你在笑？洗手間有什麼好笑的東西嗎？」
「沒有，是這個髮型。妳有看過這種髮型的人嗎？」
山添似乎止不住笑，斷斷續續地說話。
「這個嘛……好像有，也好像沒有。」
「前後都剪成一直線，怎麼看都是木芥子人偶（註1）嘛！」
「哦，這麼說的確很像。」
在耳上與眉上剪齊的髮型，看起來的確很像木芥子人偶。
「剪這種髮型，說自己是上班族也沒人會信吧？走在路上搞不好會被警察攔下來。感覺好像那種宣稱要跟宇宙通訊的怪人。」
「對不起……我以為我可以剪得很好。我會想辦法修正。」
山添還在笑。我竟然把他的頭髮剪得這麼可笑。想到先前還覺得理髮很簡單的自己，我就羞愧地低下頭。
「啊，等一下。在妳重剪之前，我還想要再看一次。」

註1　木芥子人偶：日本傳統民俗工藝的木偶，包含直筒狀的身體與球狀的頭部，髮型往往呈直線型。

山添再度回到洗手間，這回哈哈大笑，說：「沒想到難得笑出來，竟然是笑自己的臉。」

在那之後，我們在洗手間的鏡子前面重新剪頭髮。前面由山添自己來剪，後面則由我一邊接受他的建議一邊剪。

「不要剪成直線，要適度剪出參差的感覺。試著把剪刀豎直來剪吧。」

「嗯。呃……」

我依照山添的指示想要操作剪刀，但是卻無法順利進行。越是覺得不能失敗，我的手就越是緊張地發抖。

「藤澤，放輕鬆點。」

「我知道。」

「如果失敗的話，反正還可以剃光頭。」

「說、說得也是。」

「不錯嘛，很厲害。剪得很好。」

「真的嗎？」

「真的真的。啊，那邊不用再繼續剪了。接下來請妳剪右邊。」

「啊，好。」

完全失去自信的我乖乖遵從山添的指示，慎重地剪頭髮。

最後完成的髮型雖然瀏海太短，後面也不太整齊，不過總算擺脫了木芥子的形象。

「呃，真對不起。」

我從帶來的包包拿出護手霜和垃圾袋，並開始打掃。

「妳準備得真周到。」

「你不介意的話，用這個吧。」

我把牛皮膠帶遞給山添。他邊說「真方便」邊用膠帶除去黏在衣服上的頭髮。

「那我先走了。」

我匆匆把頭髮收集到垃圾袋裡，綁起袋口後走向玄關。我想要盡快離開這個地方。

「垃圾我自己拿去丟吧。」

「不用了，這個由我……」

「垃圾場在公寓的地下室。而且要是被妳把頭髮拿回去，我會覺得很恐怖。」

「這樣啊。說得也對。那麼……」

我把垃圾袋遞給他，立刻離開房間。外面的夕陽很努力地擠出最後的光線。

呃……這樣真的好嗎？頭髮姑且變短了，不過最後剪的是山添，而且髮型很糟糕。

不，既然變清爽了，就當作是成功吧。我努力說服自己，然後突然想到：他剛剛說兩年沒笑了？這是比頭髮留長更誇張的事情。

4

「喔，山添，這麼冷的季節，你還剪了這麼清爽的頭啊！呃，這是現在流行的髮型嗎？」

星期一上班時，社長這樣問我。

「我也不確定……」

我今天早上雖然試著整理髮型，但是被任意剪短的頭髮仍舊亂翹。

「現在的年輕人髮型都亂亂的。」

住川替我說話，在她旁邊的藤澤則一臉歉疚地看著我。

社長笑著拍拍我的肩膀：「比以前好多了。山添，沒想到你還滿帥的。」

平西也稱讚我：「山添，你剪頭髮之後看起來很清爽，至少年輕十歲。」

就連平常文靜的鈴木也瞥了我一眼，泛起笑容似乎在說「不錯嘛」。

剪了頭髮當然沒有立刻讓我的視野變得開闊、心情變得爽朗，不過聽到大家誇獎我，感覺也不錯。

「年輕十歲的話，我就變成小學一年級了。」

以前的我大概會這樣回答來炒熱氣氛。

在以前的公司，我會和上司彼此開玩笑，下班後會一起去喝酒，積極地與人溝通；然而在這裡，我只進行最低限度的對話。雖然我歸咎於恐慌症，但真的是這樣嗎？這裡的人個性都很好，不過並沒有要追求工作成就的氣氛。社長沒有提升業績的意願，大家似乎也覺得只要領到能過日子的薪水就行了。平西雖然善於與人交往，但也並不打算把這項才能發揮在業務工作當中；鈴木據說原本是做木工的，總是默默地按照自己的步調工作。或許也因為上了年紀，大家都顯得很悠閒。

有時我也會懷疑：工作真的這樣就行了嗎？如果我沒有得到恐慌症，我會待在這樣的公司嗎？不過去想這種問題也無濟於事。現在的我沒有積極行動的力氣。這家公司既不用加班也沒有競爭，氣氛很安詳。現在的我比較適合在這裡工作。

藤澤為什麼會在這家公司工作？她雖然沒有剪頭髮的才能，不過看她平常工作的樣子，處理事情還算俐落，而且非常認真。她似乎比我早三年換到這家公司，不知道她選擇這家公司的理由是什麼。該不會和PMS有關吧？不過那才真的是跟我無關，還是別去多管閒事吧。

「那麼今天也請大家不要勉強、不要受傷、保持安全。」

聽著社長每天早上幾乎都重複同樣語句的致詞，我悄悄地把碳酸飲料放入冰箱，前往倉庫。

「街上已經到處都是聖誕節氣氛。山添，你還年輕，對那些沒興趣嗎？」

午休時間吃便當時，社長問我。

「沒有，不太有興趣。」

雖然明知問我也不會得到多少回應，社長仍舊會每天主動對我說幾次話。

「這樣啊。不過我們夫妻在孩子離開家裡之後，聖誕節和生日也等於是消失了。」

社長笑著這麼說。

以前只要遇到節日，我就會跟朋友相聚，或是和女朋友一起慶祝；不過在得了恐慌症之後，我就不再參加這樣的活動。今天是十二月二日，距離聖誕節還有二十幾天。咦？該不會快要到了吧？我檢視桌上的月曆。

生理期的週期應該是大約二十八天。上個月藤澤是在十一月七日還是八日發脾氣，在那之後已經過了二十五天左右。

我望向藤澤，看到她和住川邊聊天邊吃麵包。看她還有食慾，應該沒問題吧？我看著她的背影，忽然發現一件事：仔細看，在她脖子根部附近的肌肉是隆起來的。室內開著暖氣，難道還會冷嗎？不對，是肩膀抬起來了。她呼吸的樣子很笨拙。她沒有發現自己的身體出現這麼明顯的變化嗎？

我到藤澤身旁對她說。

「藤澤，請妳來一下。」

「啊？」

藤澤拿著裝了茶的杯子，詫異地抬頭看我。

「快一點，走吧。」

「你說走吧，要去哪裡？」

「這裡。」

我邊說邊拉著她的手走出辦公室。

「為什麼？很冷耶。」

「我們再多走一段路吧。公司隔壁的隔壁的隔壁是空地。」

「空地？」

「看，就是這裡。」

「這裡？你突然拉我到外面，到底要幹什麼？」

藤澤被我推著背，不情願地來到空地前方，終於在這裡發脾氣了。

「喂！你是什麼意思？外面很冷，而且我還在吃飯耶！」

她的聲音變得比平常高，說話也更快。果然沒錯，她的ＰＭＳ要開始了。

「我就知道。」

「你在做什麼？」

「好啦，請別生氣。」

「你不要拉我到這種地方！」

在凜冽的冷空氣中，藤澤的聲音非常響亮。看來她還會持續發飆好一陣子。我在得了恐慌症之後就沒什麼食慾，所以不介意少吃一頓午餐，不過外面冷到讓我受不了。我本來想自己一個人先回辦公室，可是藤澤要是遷怒路人就糟了，因此我決定去買熱飲。

「藤澤，可以請妳先自己發一下脾氣嗎？我要去買飲料。」

「啊？你要我自己發脾氣是什麼意思？突然被帶到外面，不管是誰都會生氣吧？」

「可是妳也很冷吧？」

「就是因為很冷還被帶到外面，我才會生氣！」

藤澤雖然大聲說話，卻不知是否因為悲傷，眼睛溼溼的。她此刻內心的情感一定亂七八糟。

「我去買飲料，所以請妳先拔一下周圍的雜草。拔草也許能讓妳消消氣。」

這一帶因為有許多小型辦公室和工廠，因此光是這條路上就有三臺自動販賣機。我跑到最近的自動販賣機，買了兩瓶飲料。當我急忙趕回來時，發現藤澤真的蹲下來在拔空地上的雜草。

「妳消氣了嗎？」

「怎麼可能！你到底在幹麼？」

「這個給妳。妳可以喝掉，也可以握在手裡代替暖暖包。」

我把寶特瓶遞給她。她低聲說：「這是茉莉花茶。」

「我想說咖啡因可能會有不好的影響。」

「的確。」

「啊，等一下。」

看到藤澤要打開瓶蓋，我連忙阻止她。她看到茉莉花茶之後，怒氣已經逐漸消失，要是因為打開瓶蓋的聲音再度發火就糟了。

「這個給妳。」

我把輕輕打開蓋子的寶特瓶遞給她。

她皺起眉頭對我說：「搞什麼？我可以自己打開。」

看來我似乎反而觸怒了她。

「好好好，請冷靜下來。喝一口茶吧。」

「你到底是什麼意思？」

「好好好，請喝茶。」

「不要說『好好好』！」

「說一次『好』就行了吧？我知道了。」

我隨口回應，自己也開始喝茉莉花茶。雖然被藤澤毫無理由地怒罵，但我明白這只是一時性的，不會因此感到不悅。相反地，我開始對於如何平息她的怒火產生興趣。

「山添，你這個人感覺怪怪的。」

「好像吧。」

「好像吧？你不要一副置身事外的口氣。」
「對了，先別說這個。藤澤——」
「幹麼？」
「是妳把我的頭髮剪得像木芥子人偶一樣吧？」
「呃，是啊……」
「我被剪成這種髮型之後，煩惱好久要不要來上班。我擔心自己一輩子沒辦法出門，今天早上拚命整理頭髮。」
「哦……」
藤澤原本在生氣，然而在自己被責難之後，聲音變得有氣無力。
「妳基於任性的好奇心想要剪頭髮，結果我就成了犧牲者。」
聽我這麼說，藤澤便垂頭喪氣地回應「的確……」。後悔似乎戰勝了怒火。
「那就來喝吧。」
「哦……」
「請不要沮喪。睡了一晚之後，髮型看起來就還不錯了。」
「哦……」

藤澤沉著臉，開始喝茉莉花茶。

醫生曾說，就是因為一直在意身體才會發作。為其他事情分心，或是注意力沒有放在自己身上時，就不容易引起發作。PMS的怒氣或許也有些類似。藤澤此刻發出的只有嘆息，怒火似乎已經消失了。

午休時間過後，藤澤因為貧血而早退。社長說「最近流感也開始流行了，今天就早點收工吧」，於是下班時間提早到四點。

以前的我遇到提早結束工作的日子，一定會雀躍不已，想要呼朋引伴去喝酒，或是去探訪新開幕的店。

然而現在的我卻想不到任何點子。可以回到最能安心的家裡當然很好，不過即使在家中，我也沒有想做的事。

自從那天恐慌症發作以來，生活就完全改變了。

辭掉工作之後，接下來必須做的，就是取消各種行程：為女友生日訂的餐廳、和好友約定的烤肉、髮廊，還有之前每星期會去三次的健身房。不論是多麼小的預定行程，對我來說都成為純粹的恐懼，沒有任何一件是我能辦到的。

既然不能出門，應該可以看書或看ＤＶＤ，但我也打不起精神去看。生活中已經沒有任何想做的事。我不知道活著還有什麼意義，只是反覆著一天結束時才能鬆一口氣的日子。我也完全不明白該怎麼做才能回到過去的自己。

我不只是無法外出，甚至不再讀書或聽音樂，空閒時間做的事，就只有上網瀏覽恐慌症患者的網站。雖然覺得看這些也只會加深不安，但我無法不去搜尋自己的病會變成什麼樣子、患有同樣病症的人狀況怎麼樣。

恐慌症相關的網站有很多。

有的在批判醫院，宣稱醫院只想灌病人藥，一旦服藥就會苦於戒斷症狀。有的毫無科學根據地主張：只要攝取鐵質就能治癒。只要喝花茶就能治癒。只要去矯正牙齒就能治癒。

有的很正面，認為得到恐慌症讓自己瞭解什麼才是最重要的；有的則很悲觀，宣稱自己還不如去死。有的很溫和地主張慢慢去適應，也有的強硬主張恐慌症是心態問題，絕對不能輸。

對於恐慌症的看法各不相同，病患當中也有各式各樣的人。

我不知道什麼才是正確的、什麼才是可以信任的，不過我並不打算活很久。雖然不想死，但是我也不想一直過著看不到未來、毫無樂趣的孤獨日子。如果戒斷症狀很痛苦，那就乾脆直到死前都繼續服藥。最重要的就是不要過得太痛苦。也因此，我毫不猶豫地服藥。

回到家，打開電腦，昨天看的網站直接跳出來。這是二十多歲的恐慌症患者寫的部落格。

得到恐慌症之後過了三年，終於被診斷出憂鬱症。光是活著就覺得好痛苦。

嗯，一定很難受吧。恐慌症的人併發憂鬱症的比率似乎超過五十%。我沒有自信不會加入那一半。想到現在的症狀要是再加上憂鬱症，自己不知道會變成什麼樣子，我就感到恐怖。

所以我會逼迫自己去上班，在一天結束時即使感到麻煩也要洗澡，努力不讓生活變得更紊亂。

我因為感到心情越來越消沉，便關上網頁不想繼續看網站。這時我忽然想起藤澤的事，於是就在網路上搜尋PMS。

我過去雖然沒有在身邊察覺過，不過看來有很多人為PMS所苦。有人和藤澤一樣無法按捺焦躁的情緒，也有人明明不傷心卻激動地狂流眼淚，另外也有人會失去活力而幾乎無法動彈。

恐慌症、ＰＭＳ還有憂鬱症——明明是自己的身體和心理，卻有太多自己無法控制的地方。

我因為眼睛也開始累了，便關上電腦螢幕。

雖然沒有胃口，我還是吃了 Calorie Mate 能量餅乾，洗了澡，刷牙並服藥。

服藥後進入棉被，身體就會感到輕飄飄的。這是很舒服的浮游感。沉浸在這種感覺當中慢慢睡著，是我唯一喜歡的時間。只有睡覺時才感到幸福的人生，或許滿寂寞的。不過今天當我順利壓抑藤澤怒氣時，我也感到心情稍微變好。我腦中想著這些，逐漸陷入夢鄉。

5

我因為肚子痛沒有食欲，因此晚餐只吃了優格。不吃東西也不好，所以不論是在如何難受的時候，我仍舊習慣會吃點東西。當我設法吃完，正在喝無咖啡因紅茶的時候，手機響了。

應該快要來了吧？不要緊嗎？要記得保持身體溫暖。

母親每個月都會傳一次簡訊給我。或許是為了避免說太多話讓我在意，簡訊內容總是很簡單扼要。

今天開始，不過沒問題。謝謝。

我的回覆也很簡潔。

當我開始獨自生活的時候，母親很擔心我，常常傳鉅細靡遺的簡訊給我；在我辭掉上一個工作之後，她更是每天都打電話來，還屢次寄送健康類雜誌給我，裡面介紹據說可改善生理痛及PMS的茶、食物、健康法等。

我雖然也明白她是希望能夠稍微減輕我的痛苦，可是還是很受不了。出現PMS症狀已經十多年，大部分的手段我都試過了。繼續被人建議這個建議那個對我來說是負擔，而讀了介紹可疑健康法的雜誌也會讓我心情沉重。「靠體操治癒癌症」、「臥病在床的祖母喝了醋之後，就能起來了」——像這種毫無根據的健康法，這世上卻有人會抱著病急亂投藥的心情去相信。那些人的痛苦是PMS完全比不上的。想到這裡，我就會感到心痛。

當我找到現在這家公司時，我告訴母親，「換了職場之後，我幾乎都不再感到焦躁，生理痛也減輕了」。母親在電話另一端似乎也鬆了一口氣，對我說「大概還是壓力造成的吧」。在那之後，電話與包裹逐漸減少，不過她還是每個月會像這樣傳一次簡訊給我，或許表示她還不相信我治癒了。即使踏入社會之後，我仍舊老是讓母親操心。雖然說父母親就是這樣，不過我可以一直這樣下去嗎？

話說回來，這次的發怒比平常溫和許多。山添把我帶到外面，在拔雜草和喝茉莉花茶的過程中，怒氣就逐漸萎縮。或許是因為他提起我剪壞頭髮的事，讓我不好意思發脾氣吧。或者是因為拔雜草的觸感，讓心情變得爽快？

不過，山添怎麼會知道我發怒的前兆？

午休快結束時，兩人回到辦公室，住川笑嘻嘻地對我們說：「你們什麼時候變得這麼要好？還突然牽著手跑到外面。」社長也會錯意地勸誡她：「歐巴桑不要太多管閒事，否則原本順利的感情也會變得不順利了。」不過山添倒是很輕鬆地回答：「我看到藤澤好像快要發火了，所以才帶她出去。」

我的焦躁程度在旁人眼裡也很明顯嗎？還是說，患有恐慌症這樣的心因性疾病，就會對他人的情緒變化更為敏感？不論如何，這是第一次有人在我爆發前發現到我的變化。

對於恐慌症，我只知道會突然出現快要死掉的發作，害怕交通工具或髮廊等無法自由行動的地方。我光是每個月來一次預期中的焦躁就很難受了，像那樣不知何時會出現聯想到死亡的發作，一定很可怕吧。當我想像那樣的痛苦時，我腦中浮現山添那張氣色很差的臉。

為了感謝他平息我的怒氣，我是否能夠幫他做點什麼？剪頭髮的結果不太成功，所以一定要真的能夠幫上忙才行。營養劑、花草茶或精油這些我嘗試過的東西，山添一定也都很瞭解。

有什麼東西能夠讓人稍微感到輕鬆？我回顧自己的情況。不論做什麼，都沒辦法讓我大幅改善症狀，不過自從來到現在這個職場之後，爆發怒火之後的沮喪程度減輕很多，不知何時會產生焦躁感的不安也變小了。這是因為公司裡的大家都知道我的情況，也能夠接受我。

我曾經讀過，恐慌症者如果擔心自己發作會造成他人困擾，反而會增長嚴重程度。如果周圍的人都能夠理解發作的症狀，山添的心情應該也會輕鬆很多吧？

*

次日早晨，我比平常更早出門。社長的家離公司很近，因此他習慣八點就到辦公室看報紙。

「早安。」

我打開辦公室的門，戴著老花眼鏡的社長便驚訝地看著我說：

「藤澤，妳怎麼這麼早來？」

「我有些事想要跟您談談……」

我把包包放在自己桌上，然後前往社長的座位。我對於打擾他工作前的時間感到抱歉，不過社長笑咪咪地闔上報紙，問我：

「什麼事？妳要揭發弊端嗎？」

在這家公司內既沒有彼此競爭，也沒有野心勃勃的人。在大家都溫和地從事眼前工作的職場，沒有任何必須揭發的問題。

「不是，我是要談關於山添的事。」

社長請我坐下，我便坐在旁邊的椅子。

「山添？哦，原來如此。沒想到我這把年紀，還會被拜託當丘比特。」

「丘比特？」

社長滿面笑容地回答：「嗯，我其實已經多少猜到了。你們兩個很相配。」

我搖頭說：「完全不是這麼回事。」

「不是嗎？」

「嗯。我並沒有喜歡上山添，山添大概也很受不了我吧。」

「咦？這樣啊……那有什麼事嗎？」

「那個，山添上次不是顯得很痛苦嗎？」
「是妳送他回家那次吧。哦，妳就是在那時候喜歡上他的嗎？」
「不是。我說過了，我們之間完全不是那麼回事。」
社長似乎無論如何都想要把我們湊成一對。我再度堅定地搖頭。
「山添偶爾會遲到，也常常顯得很疲憊，而且還會嚼口香糖，不過那是因為——」
「藤澤，妳觀察得真仔細。」
社長仍舊嬉皮笑臉的，不過我不理會，繼續說下去：
「那大概是因為恐慌症……也就是某種心因性的疾病，即使身體狀況沒有問題，還是會發作。上次他差點倒下的時候，應該也是這樣的症狀……」
我猜想社長大概不熟悉這個病名，因此補充說明，沒想到社長卻很自然地回應：
「嗯，我也認為是恐慌症。」
「你知道他有恐慌症？」
「我沒有聽他本人說過，不過看他的樣子，我就猜想大概是這樣。不過我對這方面不熟，所以也不是很理解。」

「哦……」

我原本擔心社長知道他有恐慌症會感到驚訝，但沒想到他已經猜到了。

「山添的工作表現不錯，沒什麼問題，不過他本人應該很辛苦吧。對了，妳為什麼要提起這件事？」

「呃，這個……」

跟理髮那次一樣，這回我似乎也是多管閒事了。我聳聳肩，說出我在告訴周圍的人自己有PMS之後，變得輕鬆很多，因此我認為山添如果不用隱藏，或許也能減輕心理上的負擔。

「原來如此。這個想法很有妳的風格。不過有些人公開之後會感到輕鬆，有些人寧願不要被人發覺比較輕鬆，所以也很難拿捏。」

「的確。」

我很瞭解不想被人發現的心情，但是他隨時都有可能會發作。如果能夠大方承認是恐慌症，不知道會輕鬆多少。

「我也有罹患了三十年以上的疾病。」

社長看著我的臉，平靜地開口。

「三十年……」

持續這麼久的疾病，難不成是至今無法痊癒的難治的病嗎？聽到社長突然的表態，我不禁屏住氣。

「我試過藥，也看過醫生。只要聽說有效，我會把醋倒進洗澡水裡，也一直在吃醃梅子，可是還是沒辦法完全治好。」

社長的話讓我感到痛心。醋和醃梅子是母親以前寄來的健康雜誌上常見的民俗療法。社長會去依靠那樣的東西，不知道是罹患了什麼樣的疾病。

「碰到梅雨和溼氣很重的季節就會很受不了，不過我不想要讓任何人知道我有這樣的疾病。所以我想我能夠理解山添的心情。」

社長看著我的神情溫和。我此刻已經不在乎山添要不要公布恐慌症了。這麼體貼的社長，竟然罹患了疾病⋯⋯

「社長⋯⋯不要緊嗎？」我不知道該如何問起疾病的事，便這樣問。

「嗯。我現在穿五趾襪，所以狀況很好。」

「五趾襪？」

「沒錯，有抗菌防臭效果的那種。不過一雙要八百圓。」

「抗菌防臭⋯⋯」

「對呀。啊，不要告訴其他人。要是被大家知道我有香港腳，一定會被嫌棄吧。」

「香港腳……哦，這樣啊。原來是……香港腳。」

聽到沒有很嚴重的病名，我頓時失去緊張感。

「抱歉抱歉，把妳和山添的問題跟香港腳相提並論，未免太失禮了。」

「沒這回事。」

「雖然可能不像你們兩個那麼痛苦，不過平西也在意禿頭，鈴木有腰痛的老問題，住川一年到頭肩膀都很痠痛。身心都毫無問題很健康的人，反而很少見吧。」

社長說完聳聳肩。

「的確。呃，香港腳感覺也很辛苦。」

我這麼說，社長便笑著說「這句話很有妳的風格」，然後又說：

「因為是長年的香港腳，我也早就適應了。雖然我沒告訴過任何人，不過好像已經被我老婆發現了。她會暗中把木炭塞到我的鞋子裡，也常常會拿我的鞋子去晒太陽。」

「這樣啊。」

「她大概是不希望自己被感染才做的，不過有人像這樣關心我，就會感到好過多了。山添應該也一樣吧。」

社長說到這裡，便從座位起身。住川快要來上班了。我也回到自己的座位。

減輕某人的負擔，不是靠強硬地去對方家裡剪頭髮，或是擅自幫對方公開祕密。暗中把木炭塞到鞋子裡這樣的做法，或許才能減輕痛苦吧。

6

十二月二十八日到一月五日是新年假期。即使放長假，我也沒有特別安排要去哪裡。從這裡回老家要花四小時以上。得到恐慌症之後的這兩年以來，我一次都沒有回去過。

「這段期間特別忙，我沒辦法休假。」

我打電話這麼說，母親便不滿地回應：「今年也不行？我已經有兩年沒有見到你了。」

「嗯，明年新年應該就可以回去了。」

「孝俊，你去年也這麼說吧？」

「抱歉。不過，呃，我被交付重要的工作。」

「連新年都不能休息，這樣的公司太過分了吧？」

在嘮叨的母親後方，可以聽到父親在說：「他被交付那麼重要的工作，應該要感謝才對。現在這個時期工作最重要。」

「總之，我過得很好，有時間我會再回去。」

「唉，既然是工作就沒辦法了。」

「嗯，抱歉。」

繼續說下去有可能露出馬腳，因此我匆匆掛上電話。

我雖然說「明年會回去」，但是卻無法確定。我連各站停車的電車都沒辦法搭乘，更無法想像搭乘新幹線或飛機。而且如果在家人面前發作，大家一定會非常震驚。最重要的是，父母親看到我現在這樣，會有什麼感想？雖然外觀沒有大幅變化，但現在的自己明顯缺乏活力。

我也曾想過，如果至少能夠對家人坦承自己得了恐慌症，或許能夠變得輕鬆許多。雙親知道我無法長途移動，或許就會來看我，而我也不需要繼續說謊。

但是如果告訴他們，他們一定會深受打擊。他們或許會歸咎於自己的教育方式出問題，因而不必要地沮喪；而且基本上，他們大概也不會瞭解什麼是心因性的疾病。不論如何說明，他們都會想要探究原因以及治療方式。

我告訴過雙親我搬家了，不過我沒有告訴他們我辭掉前一個工作，也沒有告訴他們我現在在這家公司上班。兩人都相信我過著一帆風順的日子。這樣對他們來說比較幸福。我並沒有對他們說實話，也沒有必要特地向他們報告會讓他們擔心的事實。

有時我會覺得這個病真的很奇特：既不需要動手術或住院，在沒有發作時也沒有任何部位會疼痛或不舒服；然而我沒辦法在外面用餐，也無法搭電車。我會想要避免和其他人待在一起。我連回去見家人都辦不到，過著以獨處為優先的生活。這樣的日子要持續多久？雖然已經逐漸習慣，不過一想到未來，我就會提心吊膽。

新年假期讓我有了九天的寒假。我不能這麼長的時間都窩在家裡。光是連續沒有晴空的天氣，就已經讓我感到心情鬱卒了。我原本打算至少兩天要出門一次，但是到了年底，我完全失去出門的意願，就這樣拖拖拉拉地迎接新的一年，轉眼又過了四天。如果沒有工作和約定這種外在的強制，我就很難興起出門的念頭。

「以前下大雪的時候，白雪會掩埋一切，所以到了冬天，大家都只能休息；可是這年頭，不論什麼樣的天氣都有地方可以去，這樣其實也滿辛苦的。」

我的老家在冬天積雪很深的地方，因此爺爺以前常常這麼說。

過去的我會覺得，夏天到海邊、冬天到下雪的山上，每個季節都有能夠玩樂的場所，實在是太棒了；不過冬天其實是休息的季節。灰色的天空就連晴天還是陰天都無法判別，天氣也冷到難以挺直背脊。這絕對不是活動的季節。

然而這樣下去的話，六號開始工作的時候，一定會很痛苦。假期越長，就會越提不起幹勁；我應該要稍微活動身體，呼吸外面的空氣。不妨去附近的神社進行新年初次參拜，順便散散步吧。一月五日，我終於下定決心，整理儀容之後就走出門。

或許是因為新的一年剛剛開始，我的心情比平常輕鬆一些。原本那麼懶得出門，不過一旦接觸到外面的風，我就感覺煥然一新。即使是有恐慌症的我，只要新的一年開始，似乎也能抱持一絲希望。

我走下公寓階梯，來到街上。穿過商店街，走上狹窄的斜坡，就看到一座小小的神社。雖然只是稍微上了斜坡，但或許因為是神明所在的場所，神社的空氣和商店街或站前不同，感覺格外清新。不過新年的神社境內卻沒有任何訪客。只有小祠的神社大概都像這樣吧。我把一百圓硬幣丟入功德箱裡。即使沒有人聽見，我還是不好意思地祈禱「希望恐慌症能夠痊癒」，雙手合掌喃喃地說：「希望身心都能夠保持健康。」

祈禱之後，我在小祠前方深呼吸幾次，讓空氣在體內循環。冬天凜冽的空氣可以讓身體振奮起來。感覺不錯。好了，該回去了。我達成一項目標，心情很好。時間快要到十二點。走回家的途中，我因為沒吃早餐，肚子開始餓了。

從商店街的店鋪飄來炒麵的香氣。好像滿好吃的。我平常老是吃能量棒或便利商店的麵包，偶爾吃熱騰騰的炒麵也不錯。店裡沒有人在排隊，我可以迅速買回去吃。

我在心中決定之後，跟正在大鐵板上炒麵的老闆點了一人份，老闆就說：

「你等一下，剛剛有人點了五人份。我把這些裝完再炒你的份。」

「啊……好的。」

在這個瞬間，我感到內心開始騷動。

要等他把那些炒麵分裝在五個盒子裡，接下來才開始炒我的份。肉、高麗菜和麵條，還有調味——炒麵做好要等多久？老闆已經在裝五人份的炒麵了。不要緊，也許不需要花太久的時間。

「我會幫你多加點肉。」

老闆笑著對我說，並開始炒新的麵條。

「謝謝。」

不用加肉，只要快點做好就行了。我感覺到喉嚨有些堵塞的感覺，拉下羽絨衣的拉鍊。脖子被包住會讓我感到難受。我輕輕晃動身體，看著高麗菜和肉在鐵板上炒。這時有一位太太來拿炒麵。

「五份，一千五百圓。」

「好，等一下。」

這位太太開始摸索錢包。

拜託，快點付錢吧！不行，不要急。我緩緩地深呼吸，把意識放在呼氣而不是吸氣，很仔細地呼吸。

「找五百圓。弟弟，你再等一下。」

老闆把麵條放到鐵板上。只要麵炒熟，淋上醬汁就完成了。我都已經忍到現在，就再等一下吧。出門前我吃過藥了，不至於昏倒。這裡是外面，空氣很流通，而且隨時都能活動。我如此安慰自己，但卻開始感到頭昏眼花。老闆說過要幫我多加點肉，再等三分鐘就能回去，馬上就好了——不，不行，我已經忍到極限。剛剛還很吸引我的醬汁氣味讓我感到胃部沉重。再這樣下去我會倒下去。

我對老闆說：「很抱歉，還是不用了。」

「什麼？已經做完了耶？」

「對不起。」

老闆已經開始把炒麵裝入盒子，但即使是那三十秒鐘，我的身體也無法等待。天氣這麼冷，我卻在冒汗。我只想趕快回家。

「喂，弟弟，你怎麼了？」

我不理會老闆的呼喚，急忙踏上歸途。

我以為自己快要不行了，拚命趕路，然而在看到公寓時，心悸與頭暈的症狀都平息下來。原來剛才並不是要發作。

我常遇到好像快要發作卻沒有的情況。不只一、兩次，在產生發作的預感時，我連忙吃藥躺下來，卻立刻好像什麼都沒發生過般變得沒事。這次是我想太多了，我應該稍微再等一下的。想起剛剛得意地說要替我多加些肉的老闆的臉，我就感到心痛。

醫生說過，不要在意他人的眼光，要抱著在哪裡倒下都沒關係的心態。我自己也逐漸理解到，即使發作了，旁人也很少會感到困擾。不過恐慌症麻煩的地方，就在於會讓別人感到失望。我已經習慣因為發作而引起騷動、引來同情，但是不論如何，就是沒辦法習慣造成某人的失望。即使是素昧平生的炒麵店老闆，想到他為了我而感到失望，就讓我難以忍受。

我心想，如果能夠在店門口多等一下就好了。我邊想邊打開設置在公寓階梯旁的信箱，看到裡面有紙袋和信封。信封上寫了我的地址和名字，但沒有寫寄件人名字。紙袋上不僅沒寫寄件人的名字，連收件人都沒寫。這是什麼？我打開紙袋，看到裡面有兩個御守。仔細看，兩個御守上各自寫著不同的神社名稱。我邊想著到底是誰放的，邊打開信封，看到裡面也裝了御守。

到底是怎麼回事？放這麼多御守，難道是宗教團體的宣傳嗎？可是如果是這樣，應該不會放不同神社的御守才對。是附近小孩子搗蛋嗎？不對，小孩子不會特地去買御守。這一來，會不會是其他居民的份被放進我的信箱？可是我的房間兩邊都是空屋。啊，該不會是……那個人很有可能會做這種事。我堅信如此。

7

新年假期結束後第一天上班，整體步調都很緩慢。大家都沒有脫離假期的氣氛，也沒有太多工作要做。

到了三點多，社長悠閒地說：

「今天就到這裡吧。」

「說得也是。」中午過後一直在打呵欠的平西也附和。

整個新年假期，我都在老家度過。我目送住川和平西等人回去，心裡想著回程先到街上買些東西吧。我正要走出辦公室，山添就叫住我。

「藤澤。」

「什麼事？」

「那個御守——」

「啊，那個啊。那是我新年的時候在老家附近的神社買的。我想說可以送給你。」

我前天從老家回來時，順便繞到山添住的公寓，把御守放入他的信箱裡。雖然沒辦法期待類似把木炭放入鞋子裡的效果，不過祈求神明保佑也不壞。

「藤澤，妳去了三間神社嗎？」

在前往車站的途中，山添跟我並肩走在一起問我。

「三間？我只有去小原神社。我從以前就每年都會去。」

「那其他御守是在哪裡入手的？」

「其他御守？」

我不知道山添在說什麼，正感到詫異，他就從包包裡拿出御守給我看。

「就是這些。妳看。」

深藍色布面上有金色刺繡的御守，是我在小原神社買的。不過我沒有看過另外兩個御守。

我指著深藍色的御守說：「我買的只有這個。」

「昨天這三個御守被放在我的信箱裡。」

「三個？」

「嗯。紙袋裡裝了兩個，信封裡裝了一個。」

這是怎麼回事？我是直接把御守放進信箱裡的，難不成有人把它跟自己的御守一起放在紙袋裡？

「會做出這種事的人，我只能想到妳而已。」

山添一口斷定，似乎絲毫不懷疑這三個御守都是我放的。

「怎麼可能。給我看一下。」

我拿起另外兩個御守。其中一個是伊勢神宮的御守，另一個則有日吉神社的刺繡。我的老家在茨城，離伊勢神宮很遠，而且我也沒聽過日吉神社。

「伊勢神宮的御守放在信封裡，上面只有寫我的地址和姓名。是不是因為距離太遠，所以妳在訂購之後請他們寄來？」

「我為什麼要特地訂購御守？而且我根本就不知道你的地址，也沒有去過日吉神社。」

「那妳是怎麼入手的？」

「我說過了，那兩個不是我送的。」

「那是誰送的？」

他問我是誰送的，我也不會知道。我反而感到驚訝，竟然有其他人跟我一樣送御守給山添。

「山添，你想不到有其他人會送你嗎？」

「完全想不到。」

「到底是誰呢……真奇怪。」

當車站出現在眼前，我停下腳步。我已經無心去買東西了。我比較在意御守的贈送者。和我採取同樣行為的人究竟是誰？而且竟然還有兩個人！

我邀山添到站前的星巴克說明得更詳細一點，但是他說他無法忍受星巴克而拒絕了。我又說那裡應該也有麥當勞，他又說他不可能進入那種地方。我告訴他，就算發作了，星巴克的店員應該也會很俐落地應對，而麥當勞總是很多人，所以就算倒下去大概也不會引起注意，但是他還是聽不進去，最後只好到山添的家裡討論御守的事。

「隨便進入不是很熟的男人房間，感覺好像不太好吧……」

我邊說邊在玄關脫鞋，山添便說：

「藤澤，妳之前也來過吧？而且超大方的。」

山添似乎不在意他人進入自己房間裡，說聲「請進」，就讓我進入地上仍鋪著棉被的寒酸的房間裡。

「上次是因為有剪頭髮這個明確目的，才能放膽做任何事。啊，今天是為了討論是誰放入御守而來的，所以也算是有明確目的吧。嗯，打擾了。」

「要泡杯熱茶嗎？雖然只有無咖啡因的焙茶……」

「謝謝。」

我也在避免攝取咖啡因。ＰＭＳ和恐慌症在意的食物似乎有共通之處。

「御守是放在這個袋子裡。」

山添把茶端到桌上，接著拿來褐色信封和白色紙袋。紙袋看起來很普通，沒什麼特別之處。只有信封上寫了收件人的名字，兩者上面都沒有寄件人的名字。

「信封上有貼郵票，所以應該是郵寄的。小原神社和日吉神社的御守是放在紙袋裡嗎？」

「是的。」

「嗯，這裡有三個御守，其中一個是我送的，另外兩個的贈送者之一把我的份放進紙袋裡——等等，另外兩個是兩個人送的，或者其實是一個人送了兩個御守？」

「妳怎麼一副偵探的口氣？」

「其實我滿喜歡推理劇之類的。」

我邊回答邊感到有些詫異，我竟然能夠這麼自在地聊天。我和山添並沒有長年的交情，彼此也不是很瞭解，可是我說話時卻能夠毫不在意對方反應。我不會去想，說這種話他會怎麼想、聽起來會不會很討厭。說話前通過的腦內濾網此刻完全沒有發揮作用。我不知道是否因為在幫他剪頭髮的時候，就被他認定為怪人，因此已經放棄在他心目中的形象，或是因為覺得彼此都有類似病症而安心。雖然不知道理由，不過我感到跟他在一起很輕鬆。

「唉……這不算是事件吧？」

山添嘆了一口氣說。

「就某種角度來看，也是事件的一種。」

「如果不是妳送的，那大概就是有人惡作劇吧。一般來說，不可能會連名字都不寫，就把東西放進信箱裡。」

平常的我的確不會不寫名字就把東西放入信箱，不過送御守的時候，特地報上名字感覺也很高調，而且我只是希望他能夠得到好運而已，也因此我什麼都沒寫就把御守塞入信箱裡。

「不過御守或許就是這樣吧。」

「哪樣？」
「怎麼說呢，就是稍微祈求一下，不想太張揚。」
「我不太理解。」
「總之，來想想看吧。你對信封上的字跡有沒有印象？」
「這個嘛……好像在哪裡看過，不過也可能是我多心了。」
「那麼關鍵就在於神社名稱了。伊勢神宮在三重縣。山添，你有認識的人在三重縣嗎？」
「沒有，我在關西地方沒有熟人。」
「這樣啊。伊勢神宮是很大的神社，所以也可能是去旅行買的。郵戳也是三重縣，感覺很難鎖定對象。先從日吉神社這條線索來調查好了。」
我邊說邊感到興奮。我想要知道跟我有同樣想法的人是何方神聖。
山添問：「要上網搜尋嗎？」
「嗯。話說回來，你在收到這個御守的時候，沒有想到要搜尋嗎？」
「因為我以為是妳送的。」
「誰會到處去收集各間神社的御守？而且你為什麼認定我會替你做到那種地步？」

「我只是覺得，這很像妳會做的事。」
山添邊說邊用手機搜尋，然後告訴我：
「日吉神社有很多間，而且在全國各地都有。」
他拿手機螢幕給我看。
「什麼？」
驚人的是，從北海道到九州竟然有八百間以上的日吉神社。
「原來神明的名字還會重複，而且還有這麼多。我以前都不知道。」
「這一來應該沒辦法找出答案了。到此為止吧。」
面對八百這個數字，山添似乎放棄了，對我這麼說。
「你真的不想知道答案了嗎？」
「嗯。雖然有點不舒服，可是應該也沒辦法查出是誰送的。」
「不舒服？」
「被不認識的人把御守放在信箱裡，感覺很恐怖吧？而且還有三個。」
「如果是三個稻草人偶（註2），那當然很可怕，可是這是御守吧？這代表

註2　稻草人偶：在丑時參拜的詛咒儀式中，會在半夜到神社把稻草紮的人偶釘在樹上。

有人在替你祈福。」

「匿名祈福？」

「對呀。有人默默祈求你得到幸福……」

該不會是……一定沒錯。除了我之外，還有人知道山添的疾病。那個人為了不造成山添的負擔，因此避免張揚，默默地替他祈禱。我大概猜到其中一個御守是誰送的。日吉神社既然有八百多間，這附近應該也有。問題是伊勢神宮的御守是誰送的。

「你的雙親或親戚裡面，沒有人去過伊勢神宮嗎？」

「沒有。我的老家在島根，不會特地跑到伊勢神宮，我們那裡就有出雲大社了。」

「這樣啊。那……」

「那個，真的不用再去想了。」

「為什麼?你不想知道是誰在替自己祈禱嗎？」

「我原本以為是妳才問的，沒什麼特別的意思。」

「什麼？」

山添的回答令我感到意外。如果我收到三個御守，一定不論如何都會想要知道是誰、基於什麼樣的理由送給我的。
「要不要再泡茶？還是——」
「你想說，還是該回去了？」
「反正也沒事要做了。」
「山添，你從以前就是這樣嗎？」
「哪樣？」
山添似乎判斷我已經不想喝茶，把我的茶杯端到水槽。
「就是對周圍好像都沒什麼興趣。我想知道這是原本的個性，還是因為恐慌症造成的。」
「我……」
山添放下茶杯，轉頭看我。
「以前的我才不是現在這個樣子！」
「這樣啊。我想也是。」
由於山添非常果斷地否定，讓我感到有些意外。
「怎麼可能會這樣！以前的我會去時髦的髮廊，也會去健身房，所以比現在更健壯，而且很注重衣著，還會到各種地方……」

「你以前一定很帥吧。嗯，我猜也是。」

「還有，我以前也很熱衷工作，有很多朋友，也有女朋友，週末幾乎都會出門，不只是去麥當勞或星巴克，連法國料理或拉麵都可以去吃。」

「我知道了。我不是在責難你，只是覺得你是不是都不在乎。」

山添拚命反駁的樣子讓我感到心痛。

「這一切都在一瞬之間改變了。所以我現在沒有任何樂趣。」山添自暴自棄地說。

「也不能這麼說吧……」

「當然可以這麼說。不管吃什麼，我都不覺得好吃，看什麼都不覺得有趣，也沒有想做的事或該做的事。」

「可是你想想看，這世上有很多人都沒做什麼有意義的事，人生也不是永遠都充滿樂趣……」

我想辦法說些話來安慰他，他似乎也稍微冷靜下來，以平常的態度點頭並淡淡回應「說得也是」。

「我也沒有太多樂趣，不過三餐都滿好吃的……對了，你該不會只是沒吃到什麼好吃的東西吧？你老是吃能量棒，大概已經習慣那種味道了。」

「哦。」

「其他方面也一樣，你只是因為沒什麼快樂的事才不覺得快樂，沒什麼有趣的事才提不起幹勁。這樣想的話，這些御守來得正是時候吧？」

「來得正是時候？」

「沒錯。你可以把追求這些御守的真相，當作自己的生活目標。」

聽到我這句話，山添總算露出勉強看得出來的笑容。

「生活目標只有找出送御守的人，未免太可悲了吧？」

「這其實是很大的主題。除了懸疑要素之外，還包含尋找是誰為你祈福的溫馨劇情，可以說是具有各種層面的龐大計畫。」

「哦……對了，如果妳這麼在意，就請便吧。我可以把這個主題讓給妳。」

「讓給我？我得知御守是誰送的也沒有意義。」

「那就別再追究了吧。現在的我沒有要好到會送御守給我的對象，也想不出是誰這麼關心我。就是因為完全摸不著頭緒，所以大概是有人搞錯了，或者是不足為道的惡作劇吧。」

山添草草地做出結論。

我說：「其中一個人我大概猜到是誰了。」

「誰？」

「是一個很親近的人。」

「很親近的人？是我認識的人嗎？」

「那當然。如果有不認識的人把御守放入信箱，那才恐怖吧？」

「要說的話，妳突然闖入別人家裡剪頭髮之後，又把御守塞到信箱裡，最後還擬定莫名其妙的計畫，這才恐怖吧？對了，藤澤，妳為什麼這麼熱心？」

「為什麼……」

雖然是自己的行為，但我也無法理解。我是因為他的頭髮太長，所以才來替他剪頭髮；因為希望他得到好運而放入御守；如果有人跟我一樣把御守放入他的信箱，我也想要知道那是誰。就只有這樣，沒有特別的理由。我跟平常不一樣，不會擔心會不會被認為多管閒事，也不會猶豫如果讓對方感到不悅怎麼辦。

「藤澤……妳該不會是喜歡我吧？」

我正在思考，山添就面不改色地問我。

「什麼？」

「妳是不是對我有興趣？」

「不會吧？你是怎麼猜的！」

聽到太過意外的問題，我不禁大聲回應。

「因為妳在公司總是在意周遭的人，沒有太過突兀的言行舉止，可是在跟我有關的事方面，妳卻顯得很積極。我原本以為或許是PMS症狀，不過現在應該不是那個時期。這一來，我自然會猜想妳是不是喜歡我，要不然不可能會這麼熱心。」

他怎麼有辦法冷靜地說出這種話？我感到頭昏眼花。

「山添，你現在恐慌症發作了嗎？」

「沒有，我很正常。」

「那你真的是自以為是到令人難以置信的程度了。」

「是嗎？」

「是啊！我有對你表示過好感嗎？硬要說的話——不對，即使不是硬要說，你也屬於我覺得很難相處的類型。」

很難相處這個說法或許有些失禮，可是我也不希望他誤會。

「哦，這樣啊。」

「我是因為看你的頭髮實在太長才剪的，今天也是因為你說是我放入御守，我才會過來。」

「原來如此……」

什麼叫原來如此！山添的發言和反應都有些奇怪。不過或許正因為如此，我才不在乎他的反應，可以毫無顧忌地說話。

「唉，算了。總之，你先想出幾個可能送你御守的人吧。」

我說完走向玄關。山添依舊只是無精打采地回應「哦」。像這樣竟然還能說出「妳是不是喜歡我」這種話。

「啊，對了。」

我正打算要在回家路上去買東西，就靈機一動。

「又有什麼事嗎？」

「我想到一個好點子。明天我會幫你準備驚喜，所以你要很起勁地來上班。」

「很起勁？」

「嗯，明天見。」

要找到生活目標很困難，不過要製造樂趣卻很簡單。我在心中為自己的點子感到興奮，急忙踏上歸途。

8

要怎麼做才算是很起勁地去上班？是要提早到公司嗎？還是要邊哼歌邊打開辦公室門？對了，自從得到恐慌症之後，我就沒有很起勁過。我甚至不記得很起勁是什麼樣的感覺。我不知道該怎麼做，不過第二天還是盡可能準時去上班。

當我進入辦公室，藤澤已經來到公司了。

「早安。」

我對辦公室打招呼之後，走向自己的座位，看到桌上放了便利商店的袋子。這是什麼？我以為是有人放錯了，東張西望，藤澤便笑咪咪地對我說：

「那是給你中午吃的。」

中午？她說的驚喜該不會就是這個？我正感到懷疑，社長就開始跟平常一樣致詞：

「好，大家都到齊了，那就開始吧。今天也請各位不要勉強、不要受傷、保持安全。大家一起努力吧！」

「我幫你多送一間店吧。」

當我在倉庫工作時，平西對我說。

「不用了，謝謝。」

「我負責的店，上星期有兩間都結束交易了，所以我很閒。」

「是嗎？那就拜託了。」

我在栗田金屬的主要工作，就是把釘子、波浪板等貨物載上小卡車，運到五金行或生活百貨賣場。自己開車的時候不太容易發作，所以相較於待在倉庫裡，能夠自己行動的送貨工作讓我感覺好多了。不過五金行越來越少，配送對象也減少了。這樣下去，這間公司沒問題嗎？我雖然感到不安，但社長似乎也沒有特別在思考對策。

「栗田先生大概打算在自己這一代就結束這家公司吧。這裡的員工除了你和藤澤以外都是老人，現在的工作量剛剛好。」

平西似乎察覺到我的想法，便這麼說。

雖然不至於今天或明天就倒閉，不過十年後——不，甚至五年後，這家公司會變成什麼樣子？

「我們公司的商品當中也有比較罕見的工具，所以滿有趣的，不過對年輕人來說，應該會覺得不夠刺激吧。」

「沒這回事。」

「我們可以每天做同樣的工作、把商品運到固定的店裡，可是你才二十多歲，也許會因為缺乏成就感而覺得無聊。」

我搖頭說：「不會。」

現在的我並不追求成就感。工作是為了取得生活所需的錢。除了錢之外，要說有什麼附加價值，就是替生活帶來規律。如果沒有工作的束縛，我就不會在早上起床或外出。在那樣的生活當中，光是想像自己會變成什麼樣子，就讓我感到害怕。自己一個人載貨、送貨的這項工作，對我來說剛剛好。跟其他人在一起會讓我感到緊張，因此這項幾乎不需和他人共同處理的單純工作，對現在的我來說是一大福音。

「以前我們也曾經拚命想要增加客戶。當自己推薦的商品賣出去，就會感到很高興。當時社長跟我們都還年輕，還有另外兩個員工，公司裡充滿活力。」

栗田金屬的商品當中也包含專業金屬零件。如果能夠仔細說明並加以宣傳，客戶願意購買的商品應該還會再增加。以前應該也是像這樣做生意的。

「這樣啊。」

「鈴木原本是做木工的，後來因為對我們的商品感興趣才進入公司。那個人光是對釘子也懂得很多，所以有辦法找到更多好商品，而且也都賣得很好。當時真的很有趣。不過畢竟這家公司的員工很少，工作一增加，大家都不能休息；業績越是上升，就越是必須勉強自己。正確來說，大家因為太拚命，甚至沒有發覺到在勉強自己——直到副社長累壞身體為止。」

「副社長？」

「當時的副社長是栗田先生的弟弟……」

平西都已經說到這裡，卻改變話題：「這是很久以前的事了。現在栗田金屬的宗旨就是要慢慢工作。不過現在的年輕人，姑且不論工作，休閒生活應該也很充實吧？」

擔任副社長的社長弟弟後來怎麼了？累壞身體——那是足以改變公司走向的大事件嗎？我雖然感到好奇，但也不便追根究柢問下去。光是從每天早上開工前社長說的「今天也不要勉強、不要受傷、保持安全」這句話，就能想像到事情應該很嚴重。

「珍惜自己的時間很重要。真羨慕年輕人，有很多想做的事。像我們老人家就算多出自由時間，也不知道要做什麼。即使早點回家，也只是看電視睡懶覺而已。」平西聳聳肩。

我很想告訴他「我也一樣」，但卻說不出口。年輕人——我也屬於平西口中的年輕人嗎？

「那這些我就拿去了。」

平西輕易地扛起行李。

＊

到了午休時間，包包裡雖然有預先準備的能量棒，我還是從藤澤給的便利商店提袋裡拿出飯糰。

飯糰是辣明太子和炸雞美乃滋口味，都是很常見的商品。這算什麼驚喜？為什麼要為了這種東西很起勁地來上班？

炸雞美乃滋感覺會造成胃的負擔，所以我打開明太子飯糰的包裝。我仔細檢查有沒有抽獎，不過什麼都沒有。我看了藤澤一眼，她正在和住川吃麵包。

「喔，真難得。」

當我在吃明太子飯糰的時候，社長這麼說。

「難得……？」

這個飯糰很稀奇嗎？我正感到不解，在隔壁座位吃泡麵的平西也說「的確」。

「這個很難得？」

「嗯。山添，你平常都吃小七吧？」

「小七？」

我家附近的便利商店的確是7－11，不過那又怎麼樣？

「你現在吃的那個飯糰是LAWSON的。」

「好像是。」我確認便利商店的袋子並點頭。

社長笑著說：「我還以為你偏愛小七。」

「怎麼可能。」

我平常都在公寓旁邊的7－11買東西，因此已經有兩年沒有去其他便利商店。不過我並沒有比較過各家便利商店，只是為了方便都去附近的店罷了。

「我也偏愛小七。有時候我會喝他們的咖啡，滿道地的，真的很不錯。」

「我是因為孫子喜歡炸雞君（註3），常常拜託我去買，所以比較常去LAWSON。」

我聽著社長和平西的對話邊吃飯糰。我原本以為在便利商店買東西是為了方便，沒想到大家都滿講究的。

或許是因為第一次發作是在飯後發生，在那之後我只要肚子一飽就會感到噁心，以至於吃東西不敢吃到太飽。基本上我平常也沒什麼食慾，午餐和晚餐常常吃能量棒或清淡的麵包就解決了。不過飯糰也不錯，既不會像能量棒那樣卡在喉嚨，米飯也還是比較好吃。另外，熱烈討論便利商店話題的歐吉桑也很有趣。我吃完明太子飯糰之後，緩緩地喝下熱茶。

「妳說的驚喜，是指飯糰嗎？」

註3　炸雞君：日本LAWSON超商推出的長銷商品，把炸雞塊裝在公雞圖案的包裝裡。

下班後離開公司，我詢問走向車站的藤澤。

「是啊。你很驚訝嗎？」藤澤露出欣喜的表情。

我感到驚訝的點不是她為我準備飯糰，而是她把這種事當作驚喜，不過我還是回答「是啊」，又問：

「不過為什麼是飯糰？」

「重點不是飯糰，是 LAWSON。」

「LAWSON？」

栗田金屬的人為什麼都這麼講究便利商店呢？

「山添，你不搭電車，也沒有自己的車吧？」

「是啊。」

「從你家徒步範圍內的便利商店，有三家小七和一間全家。」

「妳怎麼會有這種資訊？」

這個人徹底逛過我家周圍嗎？

「也就是說，你沒機會買 LAWSON 的飯糰。」

「哦……」

「可以吃到沒辦法去買的東西，不是很棒嗎？」

「哦……」

原來如此。對於無法搭電車的我來說，能夠吃到在LAWSON賣的東西，似乎是很珍貴的經驗。

「哪天我會再去幫你買LAWSON的東西。不過我不會事先告訴你是哪一天。這樣的話，每天來上班的時候，你內心就會充滿期待吧？」

藤澤得意洋洋地說。不過如果有人會在我不知情的狀況下，為我準備便利商店的食物，我不會充滿期待，而是會提心吊膽。

「那個，我的食量不是很大，所以希望分量可以少一點。」

「咦？」

「今天我也剩下炸雞飯糰。飯糰我最多只能吃一個，也不太能吃油膩的東西。如果要準備的話，希望是可以放比較多天的食物。」

「山添，你這是某種症狀的展現嗎？」藤澤皺起眉頭問。

「不是，我現在很正常。」

「山添，你實在是太大膽了。」

哪裡大膽了？這回輪我想要皺眉頭。

「我第一次看到有人在收下贈禮的時候，還會提出這麼仔細的要求。」

「因為妳隨便替我準備，如果剩下來，那就太浪費了。」

「原來如此，說得也對。」

「基本上，我不需要食物。不過如果妳硬要幫我買來的話，也不好意思辜負妳的好意，這樣的話選我需要的東西，對彼此都比較好吧？」

我如此說明，藤澤就點頭說「這樣啊」。和什麼都能吃的過去比起來，失去食慾的現在，我對於浪費食物更有罪惡感。我盡可能避免剩下食物。

「飯糰的話只要一個，而且請選擇清淡一點的口味。」

「好好好。」

「妳真的瞭解嗎？還有，請避免生食，最好是可以放好幾天的東西。」

我再次強調，藤澤便用愉快的聲音說：「你不要害我繼續笑了。」

9

怎麼辦？一月十九日，星期天。天氣很好，我也很早就醒來了。我再次數月曆上的日期。距離上次的生理期開始，過了二十三天，應該還不要緊吧？昨天晚上亞美傳簡訊給我，邀我在去健身房之後吃午餐。就算ＰＭＳ要來，應該也是明天或後天，最糟糕的情況也是今天深夜。這樣的話，稍微活動身體調整狀況或許比較好。我猶豫之後，決定到每週大概會去一次的健身房做瑜伽。

健身房在公司附近的車站，從家裡搭電車十五分鐘。我在急行列車上，想到山添的事。沒辦法搭電車是什麼樣的感覺？他過著每天只有從家裡走到公司的生活，看到同樣的景色，度過同樣的時光，難道不會害怕無法跳出這樣的框架嗎？還是說，這樣的日子才能讓他感到安心？他究竟背負著多大的問題？不，也許其實不用太擔心他，畢竟他自戀到可以說出「藤澤，妳是不是喜歡我」這種話。我想起他對我從便利商店買的東西提出很仔細的要求，差點就要笑出來。

來做瑜伽果然來對了。聽著悠揚的音樂，深深吸入空氣，感覺很舒服。我做了嬰兒式和兔子式。肌肉得到伸展，身體也恢復活力，感覺血液和氧循環到身體的每一個角落。我充分活動身體一個小時之後，在地板上休息時看到亞美的身影。亞美先前似乎是在用健身器材鍛鍊肌肉。

「從早上開始運動，感覺很舒服吧。我今天早上九點就來了。」

「真有體力。這麼說的話，妳已經鍛鍊兩個小時以上了。」

「就算有體力，今天也終於變成三十歲了。」

亞美在我旁邊坐下，聳聳肩。

「原來妳今天生日。生日快樂——啊，對不起，我什麼都沒有準備……」

去年春天，我和亞美在這間健身房認識並變熟，偶爾會在回去時一起去喝茶或吃飯。我們認識不到一年，所以我也不知道她的生日。對了，我得先稱讚她很年輕才行。我連忙補充說：

「不過妳看不出來已經三十了。」

她笑著對我說：「謝謝。三十歲是重要的關卡，或許也因為這樣，可以得到比平常更多的祝福，感覺滿好的。美紗，妳是第三十八個。」

「第三十八個？」

「對我說生日快樂的人。」

「這樣啊。好厲害。」

「啊，增加為四十二個人了。」

亞美拿手機畫面給我看。在藍天的照片旁邊，羅列著「生日快樂」的文字。四十二個人，原來是指在網路上祝福的人數。這種祝福當然很多吧——咦？怎麼了？我發現自己腦海中浮現惡毒的評論，輕輕搖頭。

「這樣下去會有五十個人對我說生日快樂吧。又不是小孩子。」

亞美笑了笑。我對她說：

「沒這回事。有人對自己說生日快樂，是很幸福的事。」

我雖然如此回答，但腦中卻開始感到不安。

冷靜點，冷靜點，這不是ＰＭＳ的症狀，一定是我多心了，不能崩潰。

我一再告訴自己並深呼吸，然而當亞美滑著手機說：

「我想要對每一個人說謝謝，可是回覆都趕不上留言。」

我卻回應：「那就不用特別回覆吧？」

「咦？」

「大家只是機械性地在祝福……」

我怎麼可以說出這麼惡毒的話？我拚命壓抑快要說出口的話。到此為止吧。現在應該還能停下來。呃，該怎麼做呢？對了，把意識集中在丹田，想像脈輪……我試著做剛剛瑜伽課老師指導的方式，然而或許是因為硬要壓抑怒氣，卻開始無法控制地掉出眼淚。

「美紗，妳、妳怎麼了？」

亞美對我如此劇烈的感情起伏感到困惑，不過還是摸著我的背問我「不要緊嗎」？然而我卻只能發出銳利的聲音說：

「當然不要緊！」

亞美打扮華麗，交遊廣闊，待人也很細心。即使認識不到一年，我也明白這一點。我絕對不討厭亞美，可是我卻對她說：

「唉，真是受不了。」

在流淚的同時，情緒也越加焦躁。

「美紗，妳到底怎麼了？有什麼事惹妳生氣嗎？」

「沒什麼事惹我生氣，只是覺得很麻煩。」
「什麼事很麻煩？」
「全部！全部都很麻煩！」
我忿忿地說出口，淚水和怒氣同時爆發，連自己都不知道是在傷心還是生氣。
「美紗，妳是不是有點累了？」
「才沒有。妳不要隨便幫我認定！」
「說得也對。不過今天還是早點回去比較好吧。」
「為什麼？為什麼我要回去？」
我掉著眼淚，一邊仍舊咬著亞美不放。
「我剛剛還在做瑜伽，明明很有精神。」
「嗯，我知道。」
「妳知道什麼？」
「也沒什麼……總之，我先回去了。妳冷靜點之後也回去吧。」
亞美不知是因為對我強烈的感情變化感到畏懼，或是覺得讓我獨處比較好，謹慎地站起來說聲「那我走了」就轉身離去。

「等一下。」

為什麼要丟下我一個人？我正要站起來，忽然感到頭暈，感覺好像被絆到時身體飄起來。我的指尖失去溫度變得冰涼，但臉卻熱熱的。來了，果然來了。

我重新坐在椅子上，環顧四周。有幾個人在說悄悄話，櫃檯的人也偷偷看著我。我又搞砸了。焦躁的情緒逐漸平息，取而代之的是輕微的暈眩。我按著頭部，深深嘆了一口氣。

走出健身房之後，或許是因為仍舊懷著不完全燃燒的怒氣，心情很差。我想要回家休息，便走向車站，在途中想到上次山添把我帶到寒冷的戶外。他為什麼能夠察覺到我開始焦躁的跡象？就連我自己都無法察覺，今天還來練瑜伽。那天我拔了空地的雜草，喝了茉莉花茶，怒氣在不知不覺中就平息了。

對了，我已經來到公司附近。如果去那塊空地拔雜草，持續在心中悶燒的些許焦躁或許就會消失。

我越過車站，直接前往公司附近的空地。空地和那天一樣，長了茂密的雜草。在這麼寒冷的天氣還不會枯萎，生命力實在是太強大了。我蹲在空地邊緣，心無雜念地拔雜草，心情逐漸變得清爽。把草從土裡拔出來的觸感很舒服。公司周圍只有辦公室和小型工廠，因此週末顯得很冷清。靜謐中的雜草氣息以及冰冷的空氣，把我的身體冷卻到適當的溫度。

待會回到家之後，我要立刻傳簡訊給亞美，祝她生日快樂，並且向她道歉，說我剛剛的身體狀況確實不太好。只要好好道歉，亞美應該會原諒我。下次為了表達歉意和慶祝她的生日，請她去吃午餐吧。一定沒問題，我們可以恢復原來的交情。我正如此安慰自己，就聽到有人說：

「妳在做什麼？」

「咦？」

我聽到打破寂靜的聲音，驚訝地回頭，看到山添站在我身後。

「藤澤，妳來打掃空地嗎？」

「嗯，差不多……」

我太過專注地在拔雜草，完全沒有注意到有人接近。

「星期日特地過來？」山添用懷疑的眼神看著我。

「這個嘛，因為我覺得有點煩……」

「因為有點煩，就來這種地方拔雜草？」
「嗯，快要結束了。」
我雖然可以像這樣一直拔雜草，不過如果被當成怪人就麻煩了。我拍了拍手上的泥土站起來。
「那我去倉庫拿垃圾袋。」
山添前往公司，然後手中拿著袋子回來。
我看著把雜草放入垃圾袋的山添，低聲說：
「我沒想到拔完雜草之後要怎麼辦。」
「雖然這裡是空地，不過拔完之後丟在地上也不太好。而且妳沒有把這些草連根拔起。」
山添把雜草拿到我面前。
「的確。」
「根留下來，辛辛苦苦拔的雜草又會長出來。」
「哦……」
我又不是真心想要除去雜草。我邊這麼想邊回應。
「啊，妳該不會是在擔心雜草被拔光吧？妳是不是覺得減少太多也不好？」

「為什麼？」

「雜草要是都沒了，妳就沒辦法發洩壓力了。」

「那也沒關係。我只是剛好到附近的健身房練瑜伽，在那裡感到焦躁，所以就到這裡來。雜草到處都有，而且我也不是非拔雜草不可。」

聽到我的回答，山添露出詫異的表情。

「藤澤，妳是在練瑜伽的時候開始焦躁的嗎？」

「正確地說，是在練完瑜伽之後。」

「我聽說練瑜伽對身心有益，不過看來好像不是這樣。」

我不能讓瑜伽的形象因為我而變差。我告訴山添我和亞美之間的事，他就說：

「也就是說，是PMS害的吧？」

山添捧著袋子走向辦公室，我也自然而然地跟在他後面。

「話說回來，被妳遷怒的朋友真可憐。」

「嗯……我很對不起她。」

沒錯。亞美難得過生日，心情卻想必變得很差。我得趕快向她道歉才行。

「我可以想像妳口不擇言的樣子。」
「平常的我明明太過在意很多有的沒的……不過大家應該都一樣吧。」
學生時期的我很羨慕能夠自由說出內心想法的人，也覺得或許正因為自己辦不到，所以在PMS的時候才會爆發怒火；不過在踏出社會之後，認識的人變多，我開始理解到很少有人能夠真正有話直說、毫無牽掛地過著自由自在的生活。即使是看似活得很真實的人，為了保持自己堅強的形象，也必須在某方面勉強自己。能夠完全不考慮其他人怎麼想、隨心所欲行動的人，其實很罕見吧。
不過或許視對象不同，有時也能夠解除這樣的心防。當我面對山添時，我不會去想被他討厭怎麼辦，或是不能造成他困擾之類的問題。我可以完全不去考慮他會對我有什麼看法。
「說出自己想說的話，還能夠歸罪給疾病，真是方便。」
山添不是在諷刺，而是老實說出內心想法，不過我也回以內心的想法：
「恐慌症有時也能派上用場吧？遇到不想去的邀約，可以拿擔心發作來拒絕。」
「我沒有告訴過別人恐慌症的事，而且基本上我不想去任何地方，所以任何邀約都很討厭，更何況根本沒人會邀我。」

山添把垃圾袋放在公司前方的垃圾場後去鎖辦公室的門。

「咦？山添，你是來做什麼的？」

「什麼意思？」

「你怎麼會在星期日到公司？」

「哦，我想要整理一下工作。」

栗田金屬因為員工人數不多，因此所有人都有鑰匙，不過很少有人會加班，或是在假日上班。山添星期日還到公司，實在很奇怪。

我問：「假日還特地過來？」

山添回答：「因為我有恐慌症。」

「恐慌症的人平日沒有幹勁，假日卻會突然想上班嗎？」

「藤澤，就算妳有PMS，也不能口不擇言。」

山添確認門已經關好之後，把鑰匙放入口袋。

「嗯。我是在判斷應該可以說之後才說的。」

不知是因為山添說出PMS這個名詞，或是因為對方是山添，我知道不論我說什麼都能得到原諒。這一點讓我的心情變得格外開闊。

「如果星期六、日都休息，身體習慣了放假的步調，到了星期一就會很辛苦吧？」

「我大概可以理解。」

「我如果不勉強找事情出門，就真的只有在家睡覺而已。我想要在星期六或星期日出門，調整生活節奏，所以才到公司。」

「那還不如去更有趣的地方……啊，對了，沒有地方會讓你感到有趣。可是怎麼會選擇公司？」

「我如果沒有受到強制，就沒辦法行動。就像妳說的，我平日沒有做好工作，所以就規定自己在假日來整理倉庫。這樣的話，有了必須完成的工作，身體就勉強能夠行動。」

「原來如此……山添，沒想到你這麼勤奮。」

山添自然而然走在回家的路上，我也並肩跟他走在一起。

「不過倉庫總是很乾淨。」

「這樣啊。」

「所以我只是稍微掃掃地，沒什麼可以做的事情。好了，就到這裡吧。明天見。啊，妳明天要請假嗎？」

我們來到看得見車站的地方，山添便問我。

「不會。我的症狀大概只會到今天半夜左右，明天就沒問題了。」

「這樣啊。好吧，再見。」

山添走向車站北側。

三個御守當中，日吉神社的最豪華。或許除了祈求新的一年事事順利之外，也懷有對山添的感謝心意吧。

10

我回到房間放下行李，仔細地洗手和漱口。身體狀況不佳是恐慌症的天敵。當感冒身體變差時，就常常會引起發作。我打開加溼器的開關，坐到桌子前面。

晚餐是回來的途中在便利商店買的能量棒。平常只吃一根就夠了，不過我今天肚子特別餓。

啊，對了，是因為幫藤澤收拾她拔出來的雜草，而且我們又邊走邊聊了一陣子，大概因此多消耗了能量。我想到這裡，忽然發覺到一件事。

自從得到恐慌症之後，我就一直避免跟人並肩走在一起。這是因為我擔心路上會突然感到不適。如果只有一個人，我可以立刻回家，或是找個可以休息的地方蹲下來，但是和其他人在一起就沒辦法了。不能按照自己的步調行動會造成很大的壓力，可是當藤澤走在我身旁時，我卻沒有任何感覺。

是因為藤澤知道我有恐慌症，所以才不在乎嗎？不對，如果是這個理由，那麼之前交往的千尋也一樣。千尋是我第一個坦承有恐慌症的對象。她屢次勸我到較大的醫院，也鼓勵我說一定很快就會痊癒。我當時和千尋在一起已經一年以上，對她會展現真實的自己，也會向她哭訴或傾訴煩惱。然而在千尋面前，我想要保持平常的樣子。我可以失敗或出錯丟臉，但我不想要毫無理由地發作而倒下。抱著沒有指望痊癒的症狀待在千尋旁邊很痛苦。我雖然感謝她的擔心、同情、鼓勵和安慰，但是每天面對這些會帶給我沉重的壓力。千尋似乎也不知道該怎麼和這樣的我相處，讓她操了許多不必要的心。我以前和她在一起很愉快，只要看到她的臉就會感到安心，然而在恐慌症發作之後，每次見到她，我內心就會浮現某種緊張感。

我現在已經不再渴望見到千尋。不過有時我會想，如果沒有得到恐慌症，我是否能夠和她繼續待在一起。有千尋在我身邊、繼續做原本的工作、和夥伴交流、每一天都能依照自己的意願行動——如果沒有得到恐慌症，我能進展到什麼程度？二十五歲的自己，應該對明天或後天充滿期待，有許多想做的事。算了，去想像自己原本應該擁有的未來也沒有意義。

我和藤澤在一起也不會緊張，一定是因為我完全不喜歡她，所以就算突然發作，或是途中感到不舒服，我也會覺得沒什麼關係。藤澤一定也是因為不喜歡我，所以才不介意恐慌症的事。彼此沒有好感的關係，原來是如此輕鬆。沒有和異性在一起時愉快的心動感覺，也不會抱持淡淡的期待——藤澤正是這樣的對象。

得到這樣的結論之後，我自言自語：「這樣未免太失禮了。」

想到藤澤，我順便拿出御守擺在桌上。雖然因為感到麻煩而收起來，不過稍微想想看或許也不錯。

小原神社的御守是藤澤給我的，她也說她可以猜到是誰送日吉神社御守的。我大概也可以猜到是誰。剩下的伊勢神宮御守是誰送的呢？只有這個御守放在信封裡。寫著我的名字的字跡好像在哪裡看過。我在三重縣沒有認識的人，所以或許是去旅行造訪伊勢神宮的人送給我的。

我想到以前跟我很要好的青木和石崎。他們因為擔心我，曾經聯絡過幾次，不過那兩人不太可能會送御守，而且如果是他們，應該會附上一句話。千尋跟我現在已經沒有聯絡，前一個職場的人也一樣。

我再度仔細檢視信封。贈送者寫了我的地址，為什麼沒有寫自己的名字呢？是不小心忘了寫嗎？寫上自己的名字應該是最基本的，可是送御守的人全都沒有寫名字。原來如此。重點不是要表明自己做了什麼。

「誰做的並不重要。重要的是做了什麼。」

那個人常常這麼說。想到這句話，我內心頓時湧起一股熱流。

次日下班時，我告訴藤澤：「還是別去想御守的事了吧。」藤澤有些驚訝地說：「你竟然特地來說這種事。」

「我覺得應該姑且說一聲。」

「這樣啊……」

「去想這種事也沒用，就當作是某個怪人送的吧。看來像妳這樣的人還滿多的。」

藤澤聽我這麼說，一臉認真地說：「我一點都不怪。」

她的確很正常，工作俐落迅速，言行低調，不會做任何引人注目的事。也因此，當她因為PMS爆發時，我感到很驚訝，來替我剪頭髮時則更驚訝。

「藤澤，妳通常都很正常，不過有時候會非常奇怪。」

「是嗎……」藤澤放慢走路的速度，歪頭思考。

「如果是妳的話，不論是御守或豆沙包，大概都會塞進信箱裡面吧。」

「怎麼可能。我原本以為大概是暗戀你的女生放的。」藤澤開玩笑地說。她先前還誇口說這是很浩大的計畫，不過沒想到卻很乾脆地就放棄尋找贈送御守的人，讓我鬆了一口氣。

「怎麼可能會有那種人。」我也笑著回應。

「不過你以前應該有女朋友吧？」

「當然。以前的我跟現在不一樣，個性開朗，很會工作，積極而有行動力，週末也會……」

「啊，這個我上次聽過了。」

藤澤打斷意氣昂揚地說起話的我。

「山添，你真的很喜歡以前的自己。」

「和現在比起來，當然會比較喜歡以前的自己。」

很遺憾地，藤澤說得沒錯，我喜歡以前的自己。當時的我工作積極，假日也很充實；身為社會的一分子，過著充滿活力的每一天。我擁有這樣的自負。雖然我也知道沉浸在過去的榮耀中很窩囊，不過當時的我和現在的確有天壤之別。

「藤澤，妳不會也比較喜歡以前的自己嗎？我是指，在出現PMS之前。」

「出現PMS之前，我還只是小孩子……而且以前的我也沒什麼大不了的。話說回來，現在應該也有一些比以前好的地方吧？比方說，可以放慢腳步思考自己的事，不再勉強自己……等等。恐慌症應該至少也能帶來一點好處才對。」

我有時會聽到這樣的意見，說什麼得了恐慌症之後，可以重新檢視自己，成為換新環境的契機，或是理解到真正關心自己的人是誰。

不過我的每一天都只有憂鬱而已。得了恐慌症沒有任何好處。我沒有傲慢到拿疾病來篩選誰比較關心自己，而且光是重新檢視自己，症狀也不會減輕。

「PMS有什麼好處嗎？」

「這個嘛，因為PMS，我才會去練瑜伽或皮拉提斯之類的，身體變得柔軟很多。我以前身體很硬，可是現在雙腳可以打開一百八十度。」

藤澤得意地說，因此我也回答：「對了，得到恐慌症之後我很少外出，所以也不會浪費錢。薪水雖然變少，可是儲蓄卻變多了。」

雖然覺得有點脫線，不過在突來的困境中得到的，或許就是這種很實際的東西。話說回來，竟然會扯到柔軟度和存款！我們不約而同地看著彼此，自然而然笑出來。

「拜拜，下次見。」

快要到車站時，我向藤澤點了點頭，然後轉入旁邊的路。今天是去看身心科的日子。

我每個月會去看一次身心科。診療時間大約五分鐘左右，現在已經成為單純的例行公事了。

「你好。」

我輕輕點頭，遞出掛號證，櫃檯人員便面帶微笑對我說：「您是山添先生吧。請進。」由於是預約制，因此不需等候，可以直接進入診察室。

「狀況怎麼樣？」

「沒什麼變化。」

「工作呢？順利嗎？」

「嗯，還好。」

「痛苦的情況減少了嗎？」

「還是一樣。」

我在搬家的同時轉院，開始看這家身心科已經快要兩年。四十多歲的男醫生每次都只是機械性地問同樣的問題，並不會給我解決方案。我一開始因為不知道什麼細節可能成為治療線索，希望能夠讓醫生發現任何細微的變化，因此很詳細地說明自己的情況；不過過了一年之後，我理解到這裡不是做這種事的地方。就算描述自己的狀況，恐慌症也不會痊癒。交談只是為了得到藥物的手續。醫生還要看下一個病人，所以最好早點結束比較好。最近我的回答也變得簡單扼要。

「怎麼樣？要不要稍微減少一點藥物？」

醫生每次都會若無其事地問。畢竟藥物還是有可能會產生依賴性，因此可以減少的話就會減少。我說「我覺得還不行」，醫生就立刻縮回提案，說：「這樣啊，好吧。」還有十年或二十年，我都得過著依靠藥物勉強生活的日子。

「你的藥還剩多少？」

醫生看著病歷問我。

「還有八顆 Solanax。」

「這樣的話，到下個月……」

確認藥的剩餘量、決定下次回診時間之後，診察就結束了。雖然說只要拿到藥就可以了，不過這樣的話我看不出到醫院來的意義。我什麼時候才能與發作絕緣？治療的方法如果不在醫院，那會在哪裡？

「下次見。」

「謝謝。」

走出診察室，我看到下一個病人進入候診室。我們沒有打招呼，只是彼此迴避視線。雖然懷著相似的問題、來看同一位醫生，但病人之間彼此卻不會交談。身心科的候診室裡沒有對話。

我付了錢之後，就快速離開醫院。

11

「有什麼想說的話就說出來。」
「妳必須要能夠確實表達『好』或『不好』才行。」
個性文靜的我，從小學的時候就常常被這麼說。
上了國中，學校的輔導老師也告誡我：
「就是因為太勉強自己，才會感到難受。妳應該要從平常就練習發表自己的意見才行。」
我說我並沒有在忍耐，老師就建議我：
「就算是很瑣碎的事情也沒關係，練習把心裡想的東西化成言語說出來吧。」
高中去看的婦產科醫生也對我說過同樣的話，告訴我切忌忍耐，不要在意他人眼光就行了。

雖然有很多人對我說過類似的話，不過我的個性並不會輕易改變。我也知道沒有人會盯著我看，老是在意他人眼光其實是太過自以為是；然而我還是會因為在意別人怎麼想，而無法表現得輕鬆自在。長大之後，我開始能夠說些場面話，裝出開朗的樣子，但這並不代表我能夠什麼都不想而自由自在地生活。而且也許我根本沒有想要告訴別人的想法或意見。

「美紗，妳已經二十八歲了。」

真奈美是我在之前的打工場所認識的朋友。我們大約每個月會在一起吃一頓飯或出去玩。她上個月結婚，很積極地說要介紹老公的朋友給我，但是我並不是很有興趣。

「沒關係，我還不需要。」

「還不需要？妳難道不想結婚嗎？」

我並不打算一輩子單身，對現在的工作也不是特別投入，但是不知道為什麼，我總是覺得還不想要結婚。

「我什麼都還沒做。」

「結婚之後，妳還是可以做想做的事。像我也過得很自由。」

真奈美點了蛋糕之後這麼說。

這是真的嗎？有很多事，只能趁自己一個人的時候才能做。雖然也有人說結婚之後生活也沒有改變，但那是因為他們具有自己明確的個性。我一定沒辦法做到那樣。

「美紗，妳想做什麼？」

「我也不知道。我在現在的公司也沒做到什麼。」

出了社會之後，我還是一無所成，只是得過且過地度過每一天。我沒辦法做出什麼大事，也沒有野心，但還是會對就這樣踏入婚姻感到不安。

「美紗，妳想做的事情一定不是工作。也許妳在結婚、組成家庭之後，就會感到很充實。」

「是嗎？」

「自己一個人會覺得麻煩，可是如果是替某人做飯，就會覺得很快樂吧。」

「的確。」

真奈美的確顯得很幸福，言談中流露出從容的溫暖。可是我想趁單身的時候，做些稍微能夠讓自己滿意的事情。

「就算不急著結婚，也可以找個對象吧？」

「可是我有其他在意的問題……」

「妳是指那個……生理期的問題嗎？」

「嗯，這也是原因之一吧。」

我並不是認為有PMS就不能和任何人交往，不過想到要向對方說明、即使對方理解之後還是會吃驚、於是又要道歉、然後慢慢縮短距離……我就會覺得很麻煩。要做到那種地步才能和對方在一起，感覺好累。

「妳不用擔心那種事。而且環境改變了，或許就會突然痊癒也不一定。擔心未來也沒用。」

「嗯，也許吧。」

目前為止，我已經做過各式各樣的嘗試，光是環境變化不可能痊癒。即便如此，有個像這樣為我擔心的朋友也是值得感謝的。

「美紗，妳考慮看看。再這樣下去，獨自一個人變老會很寂寞喔。」

「說得也是。」

「那當然。結婚真的很棒。」

接下來真奈美就開始談她的婚姻生活。雖然不是很奢侈，但一點點小事也會感到很開心——真奈美這樣說的時候，看起來真的很滿足。打工時，我們彼此會為了自己不上不下的狀況感到焦慮，現在的真奈美卻過得很踏實。

不過我不認為現在的我如果和他人一起生活，也會有同樣的感受。獨自生活的現在，我應該還有更多事要做。話說回來，到底要完成什麼才會讓我想要前進到下一個階段呢？或許是因為一直過著沒有目標的生活，我完全摸不著頭緒，只知道這樣下去不行。

12

進入二月以來一直都是陰天，不過星期六難得出太陽。晴朗的日子真的很棒。自從出現恐慌症之後，我就能夠深深感受到晴天的美好。太陽光和燈光不一樣，可以直入身體內部，讓我產生出門的動力。難得放晴，今天應該要活動身體才行。雖然感覺千篇一律，不過還是去整理倉庫吧。我決定之後，在上午前往辦公室，打開門不禁喊：

「不會吧……」

我看到藤澤在辦公室內。

「妳在做什麼？」

「我想要把辦公室整理乾淨。」

「哦……星期六特地過來？」

平常堆放許多雜物的辦公室內，已經整理了大概一半。

「有人在的話，沒辦法大規模整理，所以我想說趁假日過來比較好。」

「這樣啊。那……」

我好不容易在假日到公司，就是希望可以按照自己的步調行動。我正想要快步前往倉庫，藤澤就叫住我：

「等一下！我想請你幫忙。」

「幫忙？」

「沒錯。小東西我都整理好了，可是像矮桌和三層櫃這些沒有在使用的家具，我也想要搬到外面。」

「藤澤，妳該不會早就預期到我會來辦公室吧？」

「我只有想到如果你會來就好了。我趁早上整理瑣碎的東西，大件的就希望等你來之後一起整理……在那邊。」

藤澤指著雜亂堆置在辦公室角落的家具，包括老舊的三層櫃和小櫥櫃，都是沒有使用卻一直放在那裡的東西。

「才不要。我不是為了跟別人一起工作而來的。」

「可是那些很重，所以快快解決吧。」

真是任性的人。不過雖然說要整理倉庫，能做的也只有打掃和把東西排整齊而已。整理辦公室或許更有意義吧。

「真拿妳沒辦法。」

我說完和藤澤一起把舊櫥櫃搬到外面，又搬動幾樣家具，最後把布滿灰塵的桌子擦乾淨。

「呼……多虧有你的幫忙，謝謝。」藤澤邊說邊用毛巾擦汗。

「沒什麼，我只是被妳強迫幫忙而已。」

移動家具之後又擦拭桌面，活動將近一個小時之後，雖然在寒冷的辦公室裡，我也開始流汗。

「啊，不要緊嗎？你做了這麼多事，會不會快要發作？」

現在才問？我雖然這麼想，不過還是搖頭。

「注意力集中的時候，我會忘記自己的身體，所以反而不容易發作。」

「這麼說，你只要隨時隨地專注在某件事，就不會發作了吧？」

「什麼事？」

在我眼前不會隨時都有需要集中注意力的事，也沒什麼可以讓我忘記一切專心投入的東西。

「好像沒有吧。嗯，沒有。」藤澤笑著說。

「藤澤，妳又是為什麼突然這麼熱衷整理？」

「也沒什麼特別的理由。大概是因為跟朋友聊到結婚的話題，就覺得應該要開始做些事……一直像這樣下去好像也不行。」

「妳要結婚嗎？」

「目前還沒有打算。」

「我想也是。」

聽我這麼說，藤澤皺起眉頭。

「什麼意思？」

「妳看起來應該沒有對象。」

「為什麼？」

「如果有男朋友的話，就不會跑到男人家裡剪頭髮，或是把御守塞到信箱裡了。」

「你說的男人就是你吧……啊，對了，我買了麵包，還有飲料，你可以選你喜歡的。」

藤澤邊說邊把袋子裡的東西放到桌上。

三明治、鹹麵包、紅豆麵包、菠蘿麵包、核桃麵包、無咖啡因紅茶和茉莉花茶、碳酸飲料、蘋果汁和柳橙汁。她以為我的食量有多大？不對，重點不在這裡。這個人即使是對沒有特別喜歡的人，也會無意識地準備這麼多東西。

「那我就不客氣了。」

我選了三明治和紅茶，坐到椅子上。

「山添，你打算一輩子都單身嗎？」藤澤邊吃核桃麵包邊問我。

「是啊。」

雖然我也不知道是不是一輩子如此，不過和其他人在一起，發作的可能性就會增加。孤獨和快要死掉般的發作相較，孤獨還比較能夠忍受。

「一直都這樣？」

「有什麼問題嗎？」

「沒有。」

「我比較適合自己一個人。」

「可是明明有很多人暗中在為你祈禱。」

藤澤這麼說。

暗中替我祈禱的人——的確有人匿名送我御守，希望我的未來能夠順利，不過我無法給那些人任何回報。想到這一點，就會讓我心情沉重，因此我開玩笑地問：

「妳是在指妳自己嗎？妳是不是要我感謝妳送我御守？」

「喔，對了。我沒有那麼認真祈禱，所以都忘了自己也有送了。」

跟藤澤說話會讓我感到無力。或許因為活動量很大，我的肚子很餓。吃完小黃瓜三明治之後，我又拿了雞蛋三明治。

13

星期日，我獨自去看電影。我搜尋了一下現在上映的電影，看到《波希米亞狂想曲》。我想到前一陣子社長曾經說，他難得去電影院看這部作品，覺得很棒；住川也說她跟小孩一起去看，兩個小時都不停地流淚。印象中前不久還常常看到宣傳，沒想到首映已經是一年前的事了。

皇后樂團的歌，我只聽過最有名的幾首，而且我直到看了電影才知道，主唱佛萊迪・墨裘瑞是在印度度過童年時期，不過即使是毫無相關知識的我，看這部電影也看得非常投入。看完之後，腦中響起歌聲，全身上下洋溢著爽快的興奮。啊，太棒了！走出電影院之後，心中的感動仍舊絲毫不減。

我常常一個人去看電影。我不擅長和其他人交流感想，比較喜歡在自己喜歡的時間看喜歡的作品，然後迅速回家。不過這部作品不一樣，我無法只在自己心中消化感動。我可以理解社長和住川想要大聲說出感想的心情。這是一部會讓人想要分享給其他人的電影。我想要立刻告訴某個人，「實在是太棒了」這麼簡單的感想。

醫生曾經說過，心裡想什麼，最好都說出來。要是一直忍耐不滿與抱怨，累積下來就會造成壓力。

以前的老師也常對我說：要說出自己的主張和意見。傳達自己的心情是很重要的。

我也一直覺得應該要能夠表達自己的想法才行，卻因為做不到而感到沮喪。不過，原來如此——想要傳達的事情未必只有這些。

累積在心中的不是只有不滿，想要說出來的也不是只有主張。感動和興奮如果沒有告訴其他人，也會一直留在自己心中。「這部電影太棒了。」光是這麼簡單的感想，我卻無法一直憋在心中不告訴任何人。

不過告訴還沒看過電影的人感覺不太好。而且明明很想傳達，我還是會覺得說出自己的感想有些不好意思。那麼該告訴誰呢……朋友和家人？不對，我不是認識一個不會去看電影、而且不論對他做什麼或說什麼都沒關係的對象嗎？我想起這一點，立刻奔向車站。

我在電車上把自己想得出來的皇后樂團的歌都下載到手機上。〈Bohemian

Rhapsody〉、〈We Will Rock You〉、〈Don't Stop Me Now〉——我以前從來沒有好好聽過皇后樂團的歌，可是現在光是輸入歌名，就覺得雀躍不已。

到了車站，我雖然差點絆倒，不過還是匆匆趕到那棟公寓。我按了電鈴，山添果然在家。不論什麼時候來，他都會在這裡。雖然很同情他不想外出，不過像這種時候，就會覺得恐慌症也值得慶幸。

「今天又有什麼事？現在已經快十點了。」山添露出不耐煩的表情。

「馬上就結束了，可以讓我進去一下嗎？」

「啊？」

我不理會困惑的山添，逕自進入屋內，把手機放在桌上。

「接下來要開始做什麼？」

「我剛剛去看電影。我看了《波希米亞狂想曲》。」

「我好像前陣子聽過這部電影。」

「山添，你還沒看吧？你不能搭電車，大概也沒辦法進入電影院，今後沒有預定要看吧？」

「嗯，的確沒有。」

「可以找到能夠一直聊到電影結尾的對象，實在是太棒了！」

「妳要聊什麼東西的結尾？」

「當然是《波希米亞狂想曲》囉！在機場工作的 Queen 會去一間 Live House，在那裡遇到的樂團就是——」

「妳直接就要進入劇情嗎？還有，Queen（皇后）是樂團名稱，在機場工作的是佛萊迪吧？」

「沒錯沒錯。佛萊迪在那裡遇到樂團，然後就成為他們的主唱。他的歌聲實在是太美妙了，而且既大膽又才華洋溢。啊！就在這裡。」

我操作手機，播放〈Bohemian Rhapsody（波希米亞狂想曲）〉這首歌。

「藤澤，妳該不會要唱歌吧？」

「沒錯。Mama～La～la la la～唉，皇后樂團唱得更棒！」

平常的我很抗拒唱歌，可是因為看完電影太興奮，讓我非常想唱。

「藤澤，原來妳是音痴。」

「是嗎？然後接下來，皇后就……」

我邊播放音樂邊說明《波希米亞狂想曲》的劇情，山添不時糾正我：「所以說，不是皇后，是佛萊迪」、「他們去的巡迴演唱是在美國」，不過還是繼續聽我說。

「最後就是拯救生命（Live Aide）演唱會。這個場面實在是……唉，不行，憑我的詞彙程度沒辦法形容那個感動，只能讓你用聽的了。」

我用手機播放〈Don't Stop Me Now〉，山添就說：「拯救生命演唱會應該沒有唱這首。」

「不過我最喜歡這首歌。Have a good time，Have a good time～！」

我亂唱英文，山添卻笑出來。自從學校的音樂課以來，我就沒有在別人面前唱過歌，不過這首歌具有令人雀躍的魔力。我任意唱著連歌詞都不太熟悉的歌。

「等等，太糟糕了，妳根本就是在亂唱。」

山添邊說邊唱起一段。聽到平常毫無活力、好像在發呆的山添輕鬆唱出一大串英文歌詞，我不禁大吃一驚。

「好厲害！山添，你簡直就是佛萊迪！」

山添唱完〈Don't Stop Me Now〉，聽到我的讚美，在我旁邊狂笑到肚子痛。

「唉，藤澤，妳這是在幹什麼？」

「什麼幹什麼？」

「我第一次看到有人像這樣，電影解說到一半還唱起歌。」

「因為這是充滿音樂的電影。」

「唱歸唱，英文和音準都亂七八糟。這種程度的歌喉，竟然敢在別人面前唱歌。唉，肚子好痛。」

山添還在笑。

「先別提這個。山添，我沒想到你能把〈Don't Stop Me Now〉唱得這麼好。你原本就知道歌詞吧？」

「我在學生時期組過樂團，也有表演過幾次皇后樂團的歌。」

「這樣啊。皇后樂團真的很帥。」

「藤澤，妳是他們的粉絲嗎？」

「嗯。今天剛剛成為粉絲。」

「我想也是。」

「話說回來，你唱得真的很好。再唱一次吧。」

「才不要。妳上次突然來我家把我剪成木芥子人偶，這次又要叫我當佛萊迪。」

山添說完又笑了。

這個人一定很愛笑。我不知道山添在罹患恐慌症前是什麼樣子，不過現在的山添即使被剪成奇怪的髮型，或是被強求扮演佛萊迪，都能夠笑出來。

「對了，〈Don't Stop Me Now〉雖然也是好歌，不過在拯救生命演唱會上，他們應該有唱〈Hammer to Fall〉吧？」

山添滑起自己的手機，播放音樂。

「啊，好像有聽到這首歌。」我說。

「這首歌的旋律很開朗，可是歌詞卻具有社會批判的意味。這首歌不是佛萊迪作的，是吉他手布萊恩．梅作曲……啊，我可以說話嗎？」

我先前滔滔不絕地陳述自己對電影的感想，總不能現在不願意聽山添說話。我點頭說：

「當然了。我現在很想多瞭解皇后樂團，所以你儘管說吧。」

「時間不要緊嗎？」

「時間？」

我原本不解討論皇后樂團跟時間有什麼關係，不過我看了手錶，才發現已經過了十一點。

「已經夜深了，藤澤，妳可以繼續待在這間房間嗎？」

「山添，你該不會是想要勾引我吧？我只是純粹想來表達看完《波希米亞狂想曲》之後的感動而已。」

「妳不用擔心，我也只是想要談皇后樂團而已。不過我想到，妳這麼晚待在男人家裡，不會在意嗎？」

面對如此無力的男性，我完全不會感到害怕。我很果斷地否定：

「沒什麼好在意的。」

「那就好。我平常有服用 Paxil，而且對妳一點興趣都沒有，所以請放心。」

「Paxil？」

「這是治療恐慌症用的抗憂鬱藥，副作用似乎是性慾會減退。不知道是因為藥效，還是因為恐慌症的關係，所以我完全沒有了。話說回來，就算是身心健全的時候，我對妳也是有點那個。」

「什麼叫『有點那個』？算了，總之就是不用擔心。你剛剛說布萊恩・梅怎麼了？」

接下來山添又聊了許多關於皇后樂團的話題，我們也一起聽了幾首他們的歌。其中也有電影裡沒有出現的歌，不過不論聽哪一首，佛萊迪的歌聲都打動我的心。

「啊，藤澤，妳差不多該走了。這裡的車站最後一班車應該是十二點左右。」

山添拿出手機查詢，又說「最後一班是十二點三分」。

「這樣啊。那我走了。」

從這裡的車站到我住的地方有三站的距離。雖然不遠，但也沒辦法走回去。我匆匆走向玄關。

「明天見。不要錯過電車。」

「嗯，我知道。」

我在山添催促之下，急急忙忙走出玄關。

來到外面，吹來的風變得更加冰冷。寒冷但清爽的風，帶來冬天之後春天即將來臨的訊息。手錶上的時間剛過十一點四十分，不用著急也一定能夠趕得上最後一班車。我走在街上，正覺得這是個舒適的夜晚，就聽到山添的聲音：「等一下！」

他從我身後跟上來。

「怎麼了？」

我以為自己忘了拿什麼東西，停下腳步。
「我送妳到車站。」山添走到我旁邊。
「你不是有恐慌症嗎？」
「我也這麼想，所以原本想要待在家裡，可是這麼晚的時間，要是發生什麼萬一就不好了。」
「可是我想到妳能不能安全走到車站，就覺得呼吸困難。待在家裡反而容易發作。」
我說：「我可以自己回去。反倒是你如果暈倒了，那比較麻煩吧？」
「哦……」
「走吧。啊，可以不要走那麼快嗎？走太快的話，心跳加速，就會容易引起發作。」
「走夜路還要慢慢走？」
「嗯。」
「這樣的話，一個人快步走，有可能遇到危險的時間會縮短很多吧？」
前往車站的沿途有便利商店，路燈也很多，並不會讓我感到太害怕。
「兩個人走就不會有危險，所以可以慢慢走。」

「是嗎……」

跟現在的山添比起來，我反而比較強壯。就算遇到色狼或搶劫犯，光是快步走路都會心悸的這個人也不可能反擊。

不過我心想，慢慢走在夜路上，這樣的寒冷程度剛剛好。

14

送走藤澤之後，我又聽了幾次皇后樂團的歌。

我的心跳因為和心悸或氣喘吁吁等不同的理由而變得劇烈。這種感覺讓我很懷念。

剛剛聽藤澤說明，我也完全摸不著頭緒，因此我自己查了《波希米亞狂想曲》這部電影。雖然是一年多前的電影，不過我發現還有一家電影院在上映。光是在電腦螢幕上看電影的預告片，我就感到胸口熱熱的，如果在大螢幕上看，一定會更感動。不論如何我都想要看這部電影。然而當我想像電影院的情景，又感到畏縮。

黑暗中，被指定座位，中途無法離席的氣氛——我必須在那裡面待兩小時以上才行。進去之前吃 Solanax 就可以了嗎？電影院並沒有在移動，萬一真的不行，我還可以自己到外面。況且我應該馬上就會專注在電影情節當中，忘記時間流逝……不可能吧，事情不會這麼順利。要去電影院，首先得搭乘電車才行。不要太小看恐慌症。越是不希望發作的時候，它越有可能出現。

如果去電影院之後發作，我一定會更不敢出門。我的行動範圍會變得比現在更小，恐懼也會更強烈。電影的爽快感和發作的不安，不需要放到天秤上，答案也很明確了。對現在的我來說，沒有什麼比發作更可怕。我對於自己的窩囊感到失望。

都是因為藤澤，害我原本沉睡的情感被喚醒。這兩年來，我完全沒有想過要去看電影。我雖然哀嘆自己沒有想做的事，但是有想做的事卻無法去做更痛苦。那個人真的老是做些多餘的事。

不過我難得聽音樂時感到興奮，唱著歌時內心幾乎雀躍，還意氣風發地談論佛萊迪；這些都讓我愉快到幾乎忘了發作。

而且我會擔心藤澤獨自走夜路，證明自己還有關心他人的情感，也讓我鬆了一口氣。我原本以為現在的我除了自己以外什麼都看不到。我認命地想，反正我有恐慌症，不會跟別人深入來往，所以這樣也沒關係；不過當藤澤要在半夜走到車站，我卻會感到不安，擔心她發生萬一。這樣的自己讓我感到有些安心。

話說回來，她唱的〈Don’t Stop Me Now〉實在是太糟糕了。我想到她唱歌的模樣，不禁又開始想笑。

藤澤突然跑到我家聊電影的次日，下班途中的她拿著信封正在苦惱。

「好吃的東西……山添，你又不能去餐廳，這筆錢該怎麼辦？」

社長知道我們星期六來整理辦公室之後大為感動，遞給我們一個信封說：「你們拿這個去吃點好吃的東西吧。」

「我只有幫忙而已，全部給妳也沒關係。妳自己去吃好吃的再回家吧。」

「不行，我不能做那種事。要是被發現我自己獨占這筆錢，一定會被當成是很狡猾的人。」

「沒關係，我不會告訴別人。」

「不行這樣……啊，對了，我們平分就行了。」

藤澤打開信封，然後驚訝地喊：「哇！五千圓。」

「沒想到還滿多的。」

「以公司的經濟狀況來看，我原本以為只有兩千圓……這樣就沒辦法平分了。對了，我想到可以買的東西！我有個很棒的點子。山添，你先回去稍微整理一下房間，我去站前買東西。」

「不是要平分嗎？」

「如果是兩張一千圓，我就會想要平分，可是這張五千圓鈔票撕破就沒價值了。」

為什麼要撕破？她難道沒有換成小鈔的概念嗎？

「我大概再十五分鐘之後到你那裡。」

「藤澤，妳常常到男人家裡嘛。」

「不是男人的家，是山添的家。」

「哦……」

「你趕快回家吧。小心別因為太急引起心悸就好。」

我還來不及回應，藤澤已經迅速走向車站。我似乎沒有拒絕的選項。

回到家之後，我姑且用吸塵器吸了地板。由於沒什麼東西，要整理的地方也沒有多少。藤澤大概會買吃的過來，至少要燒個開水吧。我設定熱水壺，擦拭餐桌。當我正想著差不多就這樣並環顧房間，藤澤就比熱水煮開更早敲門。

「打擾了。我來準備，山添，你先去上廁所吧。」

藤澤捧著紙袋進門就這麼說。

「為什麼？」

「因為要花八十分鐘。啊，可以借用ＣＤ播放機嗎？」

「我沒有播放機，妳用電腦播放吧。」

「那我就借一下囉。好，要開始了。你去上廁所，必要的話也先服用Solanax。」

「我應該不會發作。」

這裡是自己家，而且跟藤澤在一起也沒什麼好緊張的。問題是她說要花八十分鐘，到底是要做什麼？

因為藤澤的催促，我勉強去上廁所，回來時看到餐桌上擺了爆玉米花和可樂。

「這是點心嗎？」

「嗯，差不多。坐下吧。」

「要做什麼？」

「那麼就要開始了！」

藤澤點開電腦，就聽見電影院常聽見的號角聲，接著就開始播放皇后樂團的〈Somebody to Love〉。

「呃，這是什麼？」

「我去買了《波希米亞狂想曲》的原聲帶。社長給我們的錢，換來了CD、可樂和食物。」

「原來如此……」

「這樣就可以在家感受看電影的氣氛吧？」

藤澤看著我的臉，像是得意地在問「怎麼樣」。我原本想抱怨「搞什麼」，但還沒開口就聽到佛萊迪具有穿透力的聲音，於是點頭說「還不錯」。

〈Somebody to Love〉的旋律逐漸進入高潮。像這樣悲傷而強有力的歌曲，這世上還有第二首嗎？原來電影裡也用到了這首歌。想想也是，只要聽了這首歌，就會立刻明白佛萊迪，還有皇后樂團有多厲害。有誰能替我找個心愛的對象？佛萊迪反覆的嘶吼，讓我幾乎熱淚盈眶。

「沒想到這首曲子滿長的。」一旁的藤澤喃喃地說。

這首歌很長？聽到如此熱情的歌曲，會產生這樣的感想？我轉向她，她就說：

「只有音樂的話，果然還是跟電影不一樣。光是聽音樂，感覺有點累。」

「是……嗎？」

「都不知道該看哪裡、該做什麼……」

是她自己提議要聽原聲帶感受電影氣氛的。我正想要沉浸在音樂中，提案人卻突然說出這種話。

「那妳為什麼不買DVD？」

「說得也是。我找到原聲帶，覺得很高興就買了……真是失敗。」

「不會，我覺得原聲帶也很好。而且妳看過電影了吧？只要邊聽邊想像這段音樂的場景就行了。」

「這樣啊……」

藤澤說完，安靜了一陣子，不過播放到第三首〈Keep Yourself Alive〉時，她又站起來說：

「我有些受不了這種快節奏的歌。山添，你先自己聽，我來收拾吧。要不要我幫你整理廚房？」

「絕對不要。」

難得在聽皇后樂團的歌，我不希望有人在一旁亂動，而且她如果隨便幫我整理，我也會很困擾。上次打掃公司時我就發現，藤澤這個人個性雖然很謹慎，可是卻能夠毫不猶豫地丟棄東西。

「藤澤，隨便妳要做什麼，可是請保持安靜。」

「沒有螢幕的話，我就不知道要看哪裡了。」

如果不是皇后樂團的粉絲，光是靜靜坐著聽音樂，的確可能有些無聊。

「我知道了，那我們邊聊天邊聽吧。」

我提出這樣的建議，藤澤就說：

「啊，不用在意，我先回去吧。你自己慢慢聽。」

這個提議雖然對我來說求之不得，不過這張CD是用藤澤整理辦公室得到的獎金買來的。要我自己一個人聽，總覺得過意不去。

「藤澤，妳也一起聽吧。還剩下六十分鐘左右，邊聽邊聊天的話，很快就結束了。」

「你這個說法好像要努力忍耐去聽一樣，對皇后樂團太失禮了。」

「我當然能夠聽得很愉快。是妳覺得無聊我才這樣說的。」

「這樣啊。」

「總之，先冷靜點坐下來，吃點爆米花吧。」

我對正要收拾東西的藤澤這麼說。

「我知道了。」

藤澤再度坐下，開始吃爆米花。曲子播放到第五首。呃，我得找些話題來聊才行。話雖如此，我也沒什麼可聊的。

「妳最近工作狀況怎麼樣？」我勉強擠出這個問題。

「這是什麼怪問題！」藤澤笑出來，結果爆米花堵在喉嚨，害她連連咳嗽。

「我只是想從這個問題展開話題……」

「我們在同一個職場工作吧？這種問題應該是問久違重逢的親戚才對。」藤澤繼續笑。

或許因為很長一段時間沒有積極對話，只有回應社長和平西的問題，因此我的對話能力退步許多。這個問題大概不適合拿來問同一個職場的人吧。我縮起脖子。

「唉，也好。工作……嗯，感覺很順利，可是好像也沒什麼上升，總之就是很平穩吧。」

藤澤雖然一直笑，不過還是回答我。

「說得也是。」

我也很瞭解栗田金屬的平穩程度。

「山添，你呢？」

「我？」

「你不會想要做其他工作嗎？」

「這個嘛……」

我的確覺得現在的工作有些不足，也會常常問自己這樣下去真的好嗎，不過對於罹患恐慌症的自己而言，這裡是最合適的職場。

「雖然會覺得『這樣真的就行了嗎』，不過待在栗田金屬真的很舒適。」

藤澤似乎察覺到我的心意而這麼說。

社長說過，藤澤在來到栗田金屬之前，在一間大公司上班。雖然說大企業未必就比較好，不過我可以想像，那裡應該和栗田金屬不一樣，是一個具有挑戰性的職場。我和藤澤要不是因為患有某種疾病，一定不會來到現在這家公司。

我原本想說「跟我一樣」，不過還是作罷。藤澤跟我不一樣。或許來到這家公司的理由很相似，但是我們工作的方式卻全然不同。

她會將客訴內容依照容易解決的順序、使用溫和的語句整理成清單，印出來並貼在大家都會看到的白板上。多虧如此，和我開始工作的時候比起來，客訴減少了許多。貼在倉庫的詳細標籤、用紙箱製作的分類垃圾桶等讓辦公室更方便的東西，也都是藤澤做的。

「藤澤，妳的工作表現很好。」

「什麼？」藤澤轉向我。

「我覺得妳在栗田金屬表現得很好。」

「沒想到竟然會聽你說出這種話。」藤澤驚訝地回應，然後又低聲說：「我根本什麼都做不好。應該還有更多可以替公司做的事，或是該做的事。」

我從來沒有產生過這樣的念頭。我一直覺得自己能做的事或該做的事，都不是在這家公司找得到的。

藤澤忽然說「啊，這首曲子不錯」，並稍微調高音量。CD播放著〈Bohemian Rhapsody〉。

我是否殺死了自己？沒有想做的事，也沒有該做的事，這樣的生活是否跟死掉沒有兩樣？雖然覺得不能這樣下去，但卻甘於目前的狀況，是不是等同於失去自己？佛萊迪的歌聲幾乎與自己重疊，讓我不禁搖搖頭。我又不是自己願意變成這樣的。現在的我只能過著這樣的生活。

〈Bohemian Rhapsody〉唱完，藤澤就說：「好，現在來吃咖哩。」

「為什麼？」

「這部電影不知道為什麼讓人聯想到咖哩。」

「裡面有吃咖哩的場面嗎？」

我心想，反正大概只是因為佛萊迪在印度長大之類的理由，不過還是這樣問。

「我不太記得了。不過接下來好幾首都是我不知道的歌，所以來吃晚餐吧。現在已經六點多了，你應該也餓了吧？」

藤澤問「可以借用微波爐嗎」，然後走向廚房，將兩份大概是在便利商店買的咖哩加熱。

「在電影院沒辦法吃咖哩，可是在家的話，就可以隨時吃自己喜歡的東西。這樣的電影欣賞方式，今後應該會流行吧。」

藤澤立刻開始吃咖哩。

我們只是在聽音樂，不是在看電影——我心裡這麼想，不過也開始吃咖哩。即使只是便利商店的咖哩，睽違許久的咖哩還是很好吃。

「最近的電影都很長，看得很累，不過如果是原聲帶的話，只要一半的時間就聽完了，也可以聊天、吃東西或到處走動，優點實在是太多了。」

藤澤自顧自地點頭。

「的確。」

即使沒辦法去電影院，也不是不可能找到比看電影更有趣的娛樂方式。只要稍微花費心思，就能創造出不是替代品的特別時光。我思考著這樣的念頭，忽然想到我應該能做的事。我原本以為現在的自己沒辦法做任何事，不過有一件事是我能辦到的。

「我知道了。」

「知道什麼？」

「不是常常有人會討論『男女之間是否能夠建立真正的友誼』這種無關緊要的問題嗎？」

「你突然在說什麼？」

藤澤聽到吃完咖哩的我提出的問題，露出詫異的表情。

我繼續說：「這種事因人而異，而且基本上無關緊要，所以沒有答案，不過我發現一個明確的事實。」

「哦。」

「即使是男女之間，或是彼此覺得難以相處的雙方，都會有能夠幫上對方的時候。」

「那當然了。醫生和病患不是也常常都是異性。」

藤澤似乎完全不懂我在說什麼，仍舊一臉詫異。

「我並不會喜歡上妳，對妳也沒有友情或愛情的感覺，不過妳讓我笑了好幾次，也給了我忘記發作的時光。今天妳也讓我體驗到和看電影一樣的快樂。」

「電影是因為得到五千圓獎金。你應該感謝社長。」

藤澤這句話很有她的風格。

「的確。」我也同意她的說法，然後繼續說：「我有自信，至少三次當中可以幫妳一次。」

「幫我？在什麼情況？」

「我大概可以猜到妳什麼時候會出現焦躁症狀。」

「山添，你自信的點還真奇怪。」

「我會在妳下一次因為ＰＭＳ發飆之前阻止妳。」

「你辦得到嗎？」藤澤瞪大眼睛。

「只要觀察妳，大概就可以猜到了。」

「等一下，你的意思是要一直盯著我，觀察我什麼時候生理期要來嗎？好噁心。」

「是嗎？」

「根本就是性騷擾。」

「這點不用擔心。我只是對ＰＭＳ感興趣，對妳一點興趣都沒有。」

「真的？你不要什麼都用 **Paxil** 來說服我安心，然後趁虛而入。」

藤澤開我玩笑，我不禁笑出來。

「哪一天我們來比賽，看誰比較自以為是吧。」

「好，我絕對不會輸。咦，等一下，這種比賽要輸掉比較好嗎？」

「這個嘛……大概要看怎麼樣算贏吧。」

「哼！說得那麼跩，這就是典型的自以為是。」

藤澤皺起眉頭笑了。

即使不是喜歡的對象，如果能夠逗對方笑，還是會感到高興。沒有每次都成功也沒關係。要是能夠減少恐慌症發作，就算只有一次，我也會感到很開心。藤澤想必也一樣。下個月，我一定能夠阻止藤澤。我心中湧起沒有根據的小小自信。

原聲帶播放結束，藤澤也回去之後，房間裡頓時變得冷清。原來家裡竟然這麼安靜，四個半榻榻米大的房間竟然這麼空曠。雖然有手機和電腦，但是沒有和任何人連結，也就沒有意義。彷彿遠離一切、一無所有的空間——這就是我的家。

時間已經七點多，距離想睡的時間還有三小時，實在太漫長了。一個人雖然自在，不過這個事實有時也會讓我害怕。由於直到剛剛還很熱鬧，因此此刻感覺格外孤獨。一直獨處，和原本有其他人在、後來變成獨處，兩者是不一樣的。但是這就是我的生活。今後每個星期都會遇到假日，每一天都會進入漫長的夜晚。未來還有很長的時間，我該怎麼獨自度過？

「明明有很多人暗中在為你祈禱。」我想起藤澤的話，拿出御守。

我看著伊勢神宮的御守。原來他還記得我——辻本課長看到現在的我，會有什麼感想？是他教導剛出社會的我一切。看到這樣的我，他會感到失望嗎？不，那個人不會對自己照顧過的人感到失望。

情人、朋友、一起努力工作過的夥伴和上司——我原本以為大家都遠離了我。得到恐慌症之後，我原本以為自己不可能再對任何人敞開心扉。但真的是如此嗎？

我拿著御守，喝完藤澤替我買的可樂。我並不是在完全與世隔絕的地方。這世界上應該沒有完全的孤獨。

15

星期五下班時，山添突然告訴我，他知道送御守的人是誰了。他之前還說已經放棄尋找贈送者，難道是改變心意了嗎？不過他又說最近很累，就匆匆回家了，於是我在星期六的中午拜訪他家。

「妳看這個。」

山添打開電腦畫面給我看。這是某家顧問公司的網站。

「你委託這家公司幫你尋找贈送者？」

「不是。我以前在這裡工作。妳看這裡。」

山添指的地方記載著去年的活動，其中十二月舉辦了創業三十週年紀念之旅，地點是伊勢。

「哇！去伊勢的話，一定會去伊勢神宮。真厲害，總算連起來了！你是怎麼發現的？」

「我回想起上一個職場，偶然打開網站，就看到上面記載著伊勢之旅。如果是這家公司的人，應該也可能會知道我的地址。」

「原來是這樣。」

「總算解決了。」

山添說完伸了一個懶腰。

「你說解決了，是代表這樣就結束了？」

「嗯。我想應該是上一家公司的上司送我的。那位上司總是忘記寫自己的名字和日期，所以我想應該是他。」

「你不想要向那位上司道謝，或者至少確認是不是他嗎？」

「這個嘛……」

「至少也應該告訴他，你已經收到了。而且如果送的人不是你猜的那個人怎麼辦？」

「絕對不會錯。雖然只有半年，可是跟那個人在一起工作，真的是很棒的回憶。」

「這樣啊……感覺真好。」

我無法想像前一個公司的任何人會送我御守。

「是嗎？」

「這代表你當時很認真工作。」

「畢竟是新進員工……不過那也是很久以前的事了。」

「很久以前？才短短兩年吧？」

「兩年算很久了。」山添拿著御守這麼說。

「你會想起以前的公司嗎？」

「有時候會。妳呢？」

「完全不會。我又不像你。我在前一家公司沒什麼好的回憶。」

我是在學會工作之前就像逃亡般離職的。在上一家公司，只有讓我感到羞愧的回憶。

「回想過去也沒有用。現在我們兩個都是栗田金屬的員工了。就像妳說過的，不論是以前的上司或是栗田社長，都只是希望我現在的狀況能夠稍微改善才替我祈禱，應該都不想太張揚吧。」

「咦？原來你知道日吉神社的御守是社長送的？」

「連妳都猜得到的事情，大部分的人都會猜到吧。」

「這樣啊。」

我以為只有我知道，看來是天大的誤會。也許我比自己想像的還要遲鈍。

「更重要的是，那個應該是在下週或下下週吧？」

山添收拾御守，然後重新幫我泡熱茶。

「哪個？」

「妳還問哪個？妳應該多注意自己的事，而不是御守吧？我說的是PMS。」

「原來已經到這個時期了。」

我把當作伴手禮的日式點心放在桌上。

「藤澤，妳對自己的事還真是悠閒。我後來又想了很多。」

「喂，你不要隨便去想人家的生理期。」

「沒辦法，我已經想過了。妳發怒的時候，是不是通常都在午休時間或下班後？」

山添不理會我表示不悅的反應，開始分析。

「是……嗎？」

「應該是。我不知道在我來到這家公司以前的情況，所以稍微問了一下住川，她也說好像沒錯。」

「什麼？」

山添平常不會主動和其他人說話，可是竟然去問住川關於我的ＰＭＳ的事，到底是怎麼回事？住川一定會感到很不可思議。

「啊，不要緊，我是若無其事地問她的。住川也說妳發脾氣的時候，好像通常都是在準備要回去的時候。她很瞭解妳。」

「她一定會覺得很奇怪。你不要在我不在場的地方亂搞好嗎？」

「可是如果在妳面前問她，那會更尷尬吧？」

「那當然。」

「更重要的是，妳難道沒有想過要找到自己發脾氣的趨勢嗎？可以用日記方式簡單地記下來吧？」

山添用一副指導的口吻說。

我在大學時，的確每個月都有記錄ＰＭＳ的症狀，就連當天吃的東西、心情如何都仔細記錄。不過這個症狀已經出現好幾年了。到後來我就多少有些放棄，省略掉許多努力。

「我去看的身心科醫生也說，像是頭痛症狀發作，往往也是在傍晚或假日的時候。很多人會在心情變輕鬆的時候狀況變差。所以說，下星期妳可以多注意午休時間或工作之後。好了，我要吃了。」

山添做出結論之後，拿了日式點心。

他對於自己的御守遲遲沒有動作，對別人的PMS卻立刻思考對策。希望住川不要誤會我和山添的關係。我正在想這些，就聽到山添說：

「這個真好吃。仔細想想，我已經兩年沒吃日式點心了。」

山添沒有剝下櫻餅的葉子就咬下去。

「你擔心麻糬卡在喉嚨會害你發作嗎？」

「沒有，我只是在得了恐慌症之後就覺得吃東西很麻煩，結果就忘記自己以前喜歡的東西。我以前很喜歡蓬餅、櫻餅、柏餅（註4）這類有香氣的日式點心。」

日式點心並不是身體不可或缺的食物，也沒有太多吃的機會。擔心發作的他應該也不會刻意去買吧。

「山添，你說吃什麼都不覺得好吃，其實是因為沒吃什麼好吃的東西

註4　蓬餅、櫻餅、柏餅：日式點心的「餅」指的是麻糬。蓬餅為和入艾草的麻糬，櫻餅為用櫻花樹葉包裹的淡粉紅色麻糬，柏餅為用槲葉包裹的麻糬。

吧？」

「也許吧。」

春天是蓬餅、鶯餅（註5）等美味日式點心的季節。我開始想下次要買哪一種點心，接著又作罷了。我沒必要為了擅自問住川PMS問題的山添特地買禮物。他平常明明看起來呆呆的，沒想到這麼多管閒事。我也拿起櫻餅來吃。包裹麻糬的葉子有我從小就熟悉的春天氣息。不知不覺中，就快要到三月了。即使過著沒有任何事件發生的每一天，時間仍舊不停地前進。

註5　鶯餅：以麻糬皮包裹內餡、拉長為樹鶯形狀、上面灑上綠色粉末的點心。

16

三月九日星期一。根據我的預測，到了星期三左右，藤澤應該就會出現ＰＭＳ的症狀。一週的中間是身心容易出現狀況的時候。這星期的午休時間和下班時，我應該特別留意。如果出現徵兆，就帶她去那塊空地好了。我從學生時期就喜歡像這樣進行分析、思考對策。

午休時間，藤澤和平常一樣，與住川聊天時邊吃帶來的麵包。看來應該還不用擔心。ＰＭＳ最早大概會在今天晚上來臨，這星期就請她早點下班吧。與其在公司爆發，不如自己一個人在回家途中或家裡發脾氣。只要不捲入其他人，她應該也不會陷入後悔的情緒。

雖然一週才剛開始，工作仍舊和平常一樣很順利。距離下班時間還有五分鐘。我看了一下藤澤，她正在整理資料，還沒有收拾東西準備回家。不只是藤澤，其他人在下班時間之後也總是會稍微聊聊天，或是整理東西。彼此都只是因為不好意思先離開，在那裡消磨完全沒有生產性、也沒有意義的時間。考慮到PMS的狀況，應該要在下班時間立刻離開公司才對。

我背起自己的包包，對她說：

「藤澤，還有三分鐘。」

「還有三分鐘？什麼意思？」

藤澤呆呆地問，並開始收拾共用桌子上的文具。

「距離下班還有三分鐘，到五點就立刻離開公司吧。」

「為什麼？有什麼事嗎？」

喂喂喂，自己的身體狀況應該自己好好掌握才行——我心裡這麼想，不過還是告訴她：「是這個星期吧？」

「喔，對了……不過也不用那麼急吧。」

「這種事要爭取一分一秒的時間。」

「是嗎？」

明明是自己的事情，藤澤卻一臉狐疑。

「沒錯。而且明天可以做的事，有必要現在做嗎？在公司待到很晚不算是認真工作。迅速把工作告一段落，早點離開職場，這才是有效率的工作方式。」

我似乎不自覺地說得太大聲。社長稱讚我的發言說：「山添說得真好。年輕人果然想法很實在。」

「沒有，不是這樣的……」

我只是為了說服藤澤隨口說的，被稱讚也只會感到愧不敢當。不過這是個好機會。如果大家都能夠在五點下班，藤澤也不需要在意了。

「啊，不過如果社長能夠五點一到就離開公司，大家應該也比較敢回家吧。」

雖然覺得有些不知分寸，不過我還是如此補充。社長立刻點頭說：

「你說得沒錯。老人家慢吞吞的，只會造成不良影響。好，五點一到我就要鎖門，大家趕快離開吧。反正我們公司也沒有加班費。」

社長笑著說完，整理起自己的包包。

聽到進公司不到半年、而且工作表現也不怎麼樣的我提出建議，社長立刻在我眼前實踐。栗田金屬的風格原本是不在意時間、大家慢慢聊天之後結束工作，但社長卻馬上做出改變。

「唉，這些老頭子動作真慢。年輕人先回去吧。」社長催促眾人，讓我瞪大眼睛。我原本以為他的個性溫和體貼，也因此工作態度很悠閒，沒想到他這麼有執行力。

平西開玩笑地說「白做工也只是吃虧而已」，開始準備回家，鈴木也跟進。

「藤澤，我們回去吧。」

住川聽我這麼說就嘻嘻笑。

「你們兩個真要好。」

「沒這回事。」藤澤立刻反應。

「這是好事。你們趕快回去，到兩人想去的地方吧。」

「我沒有要去哪裡……」

藤澤繼續回應住川的嘲弄，我便推著她的背說：「我們走吧。大家再見。」

「沒必要這麼急吧……我們兩個丟下前輩先走，感覺很奇怪。」

走出公司之後，藤澤果然這麼說。

「回家時間又不是依照長幼順序決定的。而且栗田金屬的人應該都不會在意這種事。」

「也許吧，可是大家也不會有好印象吧？」

「藤澤，難道妳在覬覦社長寶座嗎？」

「怎麼可能。」

時序進入三月，吹來的風很溫和。五點的天空還沒有摻入夜晚的黑暗，呈現淡藍色。

我說：「那就沒必要在意大家的評價。而且妳要是因為ＰＭＳ發飆，會造成更大的困擾。大家都覺得，與其在那裡發脾氣，還不如早點回家。」

藤澤喃喃地說「是嗎」，接著又說：

「可是住川也還在整理，這樣不會太失禮嗎？」

「妳難道以為她是會在意這種事的人嗎？」

「沒有，可是就因為她人很好，才不想惹她生氣……」

「藤澤。」我無奈地聳聳肩。

「什麼事？」

「在栗田金屬，最容易生氣的是妳，生氣起來最麻煩的也是妳。妳難道忘了，妳上次聽到我打開碳酸飲料瓶蓋的聲音就發飆，還對我痛罵嗎？」

「啊，說得也對……不過那是因為ＰＭＳ的關係。」

「不管是ＰＭＳ還是什麼，對我來說，妳比住川可怕多了。」

「你是認真的？」藤澤瞪大眼睛。

「其實兩個都差不多，不過社長、鈴木對於年紀差一大截的妳，比對待住川還要小心翼翼。」

「騙人。」

「我沒有騙妳。住川這個人心直口快，個性很鮮明，所以很好理解，而且跟他們年齡比較相近，他們也比較放心。妳的個性文靜，又是年輕女性，因此那些歐吉桑大概也會在意該怎麼跟妳相處吧。」

「有人會在意我嗎？」

藤澤的確不是會讓人在意的類型。她的態度認真，要不是因為ＰＭＳ，個性也很溫和。她對自己的評價不高，也不用刻意奉承她。不過我看得出來，公司的人都非常重視她。

看到車站，我就對她說：

「今天我特地提醒妳，不過明天開始，到五點妳就自己回家吧。」

「那樣的話，大家會不會以為我突然變壞了？」

「藤澤，妳已經快三十歲了吧？不管妳要幾點回去，都沒有人會在意。而且社長不是也催促大家要早點回去嗎？」

「這樣啊。」

「這星期妳就試著減少在公司的時間，讓自己可以獨處，怎麼樣？」

「說得也對。嗯，我會試試看。」

藤澤像是在告訴自己般點頭。陽光雖然很溫暖，但藤澤的臉色似乎有些蒼白。看來她的身體狀況果然不太好。

「那就明天見。」

我心想最好讓她早點回家，因此匆匆對她揮手。

次日藤澤沒有來上班。我猜想她果然昨天晚上PMS就來了，怪不得當時臉色不太好。然而在午休快結束時，社長看著時鐘說：

「藤澤的手術不知道結束了沒。」

「手術？」

「是啊。咦，山添，你不知道嗎？」

「不知道。她怎麼了？」

我不可能會知道藤澤動手術。昨天一起回去的時候，她只是臉色有點差，但是還能夠正常地走路聊天。

社長告訴我：「雖然說是動手術，不過也不是什麼大手術。聽說是急性闌尾炎，就是盲腸炎。」

住川也補充：「她說昨天晚上因為肚子痛到受不了，就去看夜間門診，結果就直接住院，今天動手術。早上她還能打電話，所以應該沒問題吧。」

「這樣啊。」

闌尾炎的話，應該不是太大的問題。小時候父親也得過，不過很快就動完手術，立刻就出院了。我想起當時的事，但腦中同時浮現病房與手術的情景，不禁背脊發涼。雖然說是簡單的手術，還是會有一陣子必須躺在床上無法動彈。無法依照自己的意志活動，一定很痛苦——不，藤澤沒有恐慌症，所以即使動不了，應該也不會在乎。不過麻醉和手術的疼痛還是很難受。那個人就算生病，也一定會動不動就向護士道歉，或是操心不必要的小問題，讓自己更難受。更重要的是，她現在剛好碰上PMS的時期。要是動完手術就出現PMS症狀，會變成什麼樣子？這些問題接二連三地浮現在我腦中。

或許是因為看到我在沉思，住川對我說：

「你這麼在意的話，乾脆去醫院看她吧？」

「不用了。我並沒有特別在意。」雖然心中某個角落開始騷動，我還是搖頭。

平西說：「當然會擔心了。大家雖然說得很輕鬆，可是我得盲腸炎的時候，動完手術也感到很難受。」

社長也點頭說：「沒錯。如果山添可以去的話，那就正好。我本來就在想，公司應該派個代表去慰問，你就代表公司去一趟吧。我也想知道手術之後的狀況。而且中午以後也沒有要趕的工作。」

「可是……」

「拜託你了。呃，那家站前的醫院叫什麼？喔對了，是若林醫院。」

社長把醫院名字寫在紙上，遞給仍感到困惑的我。

「可是我……」

「如果是相反的立場，藤澤一定會立刻說好，然後帶著各式各樣的東西趕到醫院。」

就如社長所說的，不論要去慰問的對象是誰，我都可以想像到藤澤猶豫著該買哪些東西帶去、最後拎著裝得滿滿的大袋子前往醫院的模樣。如果是我住院，她一定會最擔心我恐慌症發作。

「應該吧。」

「所以拜託你了。告訴藤澤不用擔心工作的事，好好休息吧。」

社長已經斷定我要去，因此這麼說。

我們不僅不是情侶，甚至也不是朋友；特地早退去醫院看她，未免感覺有點小題大作。不過我的胸腔內部到處都在加速跳動。這陣心悸在看到藤澤之前不會平息。

「那……我要去了。」

我起身時，住川也對我說「幫我向她問好」。

走出公司，我的心跳變得更快。又不是我自己要動手術，我卻彷彿感覺醫院緊繃的空氣襲來，變得呼吸困難。快去吧！藤澤動完手術之後，或許遇到了什麼困難。要不要買東西過去？不，先到醫院問她需要什麼，再去商店買就行了。最重要的是要趕快去醫院。

我快步走到車站，看到電車接近。醫院就在藤澤住處附近的車站旁邊。我心想剛好可以趕上，連忙買了車票跳上電車。我拿出寫了醫院名稱和簡單地址的紙條，確認方向沒錯。好，沒問題——當電車開始行駛，我才突然感到頭暈。

咦？我怎麼在搭電車？電車開始移動之後，我就不可能逃出去了。這兩年來，我甚至沒有進入過車站，為什麼現在卻搭上電車了？在我發現自己置身於車廂內的同時，全身上下就冒出汗來。

我因為急著想要去醫院，結果就跳上電車。我太久沒有急著要做某件事，腦中只想著那個念頭，甚至忘了自己有恐慌症。天哪，我怎麼會做出這種事？

我走到車門旁邊，抓住扶手。從體內深處湧起噁心的感覺。沒關係，我只是很久沒搭電車，應該不會有事。我吃過藥了，而且才三站，一定能撐過去。我用剩餘的氣力如此鼓勵自己，然而卻無法保持站立。

我抓著扶手蹲在門口，一位老先生就對我說「你坐吧」。我想要說「不要緊，謝謝」，但卻發不出聲音。我默默地搖頭，決定要在下一站下車。只要忍到下一站就行了。我反覆深呼吸，用顫抖的手從包包拿出 Solanax 與寶特瓶的水，一口氣喝下去。這時總算看到車站。不到五分鐘的時間，我卻好像搭了一小時以上的電車，身體搖搖晃晃。我跳下電車，把頭埋在月臺的長椅上蹲下來。坐下之後臉朝下，呼吸就變得輕鬆了些。我想要早點解除痛苦，於是又吃了一顆 Solanax。雖然超過一天可服用的藥量，但是如果不平息發作，我會覺得好像快要不行了。

路過的人關心地詢問我，不過我只能氣喘吁吁地點頭說「不要緊」。過了一陣子，藥效逐漸發揮，身體也穩定下來。得救了……不論經歷幾次，光是十五分鐘左右的發作，感覺就好像持續了好幾小時。每一次發作逐漸平息時，就好像在深海溺水時被救上岸一般，讓我感到如釋重負。

我抬起身體，重新在長椅上坐好。

流汗的身體被風吹拂而變得冰冷，朦朧的意識逐漸恢復清醒。我想到自己剛剛搭了電車——雖然是無意識的行動，不過卻是睽違兩年的壯舉。我為自己能夠買票搭電車而感到驚訝。

然而光是搭乘一站，就落到這種地步。我先前曾經想過，也許我只是沒有嘗試，事實上已經差不多可以搭乘電車了，不過這種天真的想法立刻被戳破。我到現在還是沒辦法搭電車。我深刻體認到，即使只是一分鐘，我也沒辦法待在封閉的空間。

恐慌症發作以來過了兩年，我逐漸習慣現在的生活，能夠認命地覺得現在的生活沒有太大的困擾。我似乎能將發作的自己切割開了。工作還算順遂，日子一天天地過下去，這樣就夠了。如今也有餘裕思考其他事情。

然而，現實並非如此。我什麼也做不到。即使有人遇到困境，也無法與我感同身受。發作結束後的安心感加上對自己感到窩囊，讓我幾乎掉下眼淚。不行，在這裡哭也沒用。自艾自憐對於現況沒有任何幫助。

我忽然想起藤澤帶剪刀來替我剪頭髮那天的事。她不是美髮師，卻剪了我的頭髮，還剪得跟木芥子人偶一樣。當時我笑到肚子痛。她也替我準備便利商店的飯糰，把御守塞進信箱裡，利用各式各樣的方法幫助我。

沒辦法搭電車，就沒辦法到達目的地嗎？被奪走唯一的交通方式就放棄，不是恐慌症的問題，而是無能的傢伙做的事。基本上，要是交通方式只有電車，那麼我一輩子都無法離開這裡，到死都得在這座月臺上生活。想到這裡，我稍稍愉快了些，腦筋也開始運轉。

接下來，我該怎麼到醫院呢？電車不行，計程車會讓我更不舒服。我能搭乘的交通工具只有自己駕駛的小卡車。平常我都是開小卡車去送貨。乘坐時間不會很長，而且我可以打開車窗，用自己的速度來駕駛，因此我在駕駛時從來沒有發作過。早知道我不該急著到車站，應該向公司借小卡車開到醫院。

最好的方法，或許是從這裡走回公司開小卡車過去，但是要走到公司要花相當久的時間。除了小卡車之外，我還能搭乘什麼交通工具？飛機、新幹線、巴士……我像小孩子般列舉交通工具，忽然靈機一動。對了，自行車！自行車既不是密閉空間，機動性也很高，可以隨時下車，而且也比走路輕鬆，能夠更快到達更遠的地方。對於罹患恐慌症的人來說，可以說是最棒的交通工具。

我拿出手機，搜尋附近有沒有自行車出租店。這裡的站前有一家。好，去租自行車吧。不知是否因為訂定了目標，或是因為服用了兩顆 Solanax，我感到全身清爽，走路的步伐也很確實。

走出車站，旁邊有一間小小的店。我拿出駕照，寫了姓名和聯絡方式，立刻就租到自行車，而且店家告訴我，只要是沿線車站都能還車。回家時只要在離家最近的車站還車就行了，多棒的制度啊！

離開自行車店後，我把包包放在自行車的籃子裡，跨上座椅。想到可以騎著這輛車到醫院，內心就產生些許興奮。國中和高中時，我是騎自行車上下學的，大學時偶爾也會騎車去踏青。雖然踏出社會之後就沒有騎過，但我很喜歡自行車。

踩下踏板，風輕輕吹拂著我的臉頰。有些潮溼的風，夾帶著春天即將來臨與傍晚逼近的訊息。我的運動神經並不差。只要有這雙腿和自行車，很快就能到達醫院。我騎著自行車前進，感覺到因為發作而變熱的身體逐漸被風冷卻。

我前往醫院櫃檯人員告訴我的病房，看到四人房的最裡面就是藤澤的床位。手術在兩個小時前就結束了，她已經回到病房。

我隔著隔簾詢問：「藤澤，可以打擾一下嗎？」

「唉呀，你好。」

從裡面傳來女性的聲音，接著隔簾被拉開。

這名女性大概六十歲左右，雖然有些豐滿，不過臉孔和藤澤很像，一眼就可以看出是母女。原來如此。藤澤沒有住在老家，所以我原本以為她獨自一人接受手術，不過既然要住院，家人當然也會來陪她。結果毫無關係的我竟然還跑來！

「那、那個，我是跟她在同一間公司工作的同事，敝姓山添。」

我連忙打招呼。

「這樣啊。真抱歉讓你特地來一趟。我是美紗的母親。美紗的手術剛剛結束，麻醉好像還沒退……她現在還在睡。」

伯母招呼我到床邊。床上的藤澤戴著氧氣罩，靜靜地沉睡。
「手術大概只花四十分鐘就結束了，明天好像就可以下床。聽說依照目前狀況，她應該可以在星期六出院。」
伯母面帶笑容地說。她的聲音很洪亮，是個充滿活力的人。
「那真是太好了。」
雖然說是簡單的手術，沒什麼大不了的，但是看到眼前接著點滴沉睡的藤澤，讓我不禁想到一定很難受。
「請坐。」
伯母勸我坐在折疊椅，不過我婉拒她的好意：「不用了，我馬上回去。」
「請問你是美紗的交往對象嗎？抱歉這麼晚才打招呼。謝謝你平常對她的照顧。」
伯母很客氣地鞠躬。
「啊，不是，我只是她的公司同事。」
「那還特地來探病？不會吧？」
伯母故意裝出不敢置信的表情看著我。
「我們真的不是情侶。不過藤澤平常就很照顧我……」

「真的嗎？我家女兒笨手笨腳的，在公司應該也常常添麻煩吧？」

「沒這回事……她還好嗎？手術之前有沒有怎麼樣？」

「嗯。她只是因為闌尾炎肚子痛，不過因為動手術要家屬簽名，才會找我過來。」伯母笑著說，「真是大驚小怪。」

「這樣啊。」

藤澤雖然常常在意很多事，不過關於自己的事反倒不怎麼在乎。她的反應大概只有：「原來是闌尾炎啊。還要動手術，真傷腦筋。」

「啊，快要四點了。我從這裡回家要兩個小時，差不多該走了。醫生也說，她應該快要醒來了。」

伯母邊說邊整理行李。

「那個……她醒來的時候，妳不在她身邊沒關係嗎？」

如果藤澤快要醒來，最好有人陪在她身邊。畢竟手術後，她應該也會感到不安。

「山添，你會留在這裡吧？我明天早上還會過來。現在只要有一個人在她身邊就夠了。」

伯母說完呵呵笑著。看來她似乎還在誤會。

「這種事否定太多次也很奇怪，不過我跟藤澤真的不是情侶，今後也不會有那樣的可能性。」

我不希望她懷著誤會回去，因此特地解釋，但伯母卻笑咪咪地說：

「不管你們是什麼樣的關係，都不能改變你只為了闌尾炎就特地趕來的事實。」

「這倒是沒錯，可是……」

一聽到藤澤住院的消息，我無法保持鎮定，才會過來看她。我只是想平息劇烈的心跳。我是為了自己的身體，不是為了慰問藤澤。不過我剛剛想都沒想就坐上電車、引起發作，接下來又考慮各種手段，再騎自行車來到這裡。這些真的只是為了消除自己的不安嗎？

「反正先別管這些細節，麻煩你了。」

伯母笑容可掬地說完，拉開隔簾走出去。

雖然聽說快要醒來，但藤澤在伯母離開後仍舊繼續沉睡。我詢問來探望的護士要不要緊，護士也只說：

「她大概是麻醉或藥物容易生效的體質吧。手術是成功的，不用擔心。」

藤澤醒來時，已經過了五點。

「咦？」她費力地移開氧氣罩，張開朦朧的眼睛環顧四周。

「伯母已經回去了。」

「哦。你是山添？」她的聲音沙啞，似乎還很難受。

「我是代表公司來的。」

「代表……」

「是的。大家都叫妳不用擔心，好好休息吧。」

「哦，這樣啊……」

藤澤輕輕點頭，喃喃地說「對不起」。她仍接著點滴，麻醉似乎還沒完全消退而無法活動。即使只是闌尾炎，動了手術之後還是會變成這樣。

「藤澤，妳有沒有需要什麼？」

聽到我的問話，她虛弱地說：「我想要喝水……有點……口渴。」

病房的空氣很乾燥，因此大概容易口渴吧。我想要打開冰箱看看裡面有什麼，這才看見床邊掛著禁止飲食的牌子。不能吃東西就算了，連水都不能喝，換成我大概會恐慌症發作而暈倒吧。不能喝水太痛苦了。有沒有什麼方法？

「妳等一下。」

我到走廊上，遇到正要進入隔壁房間的護士，告訴對方「藤澤醒來了，她好像想要喝水」。護士說：「她現在禁止喝水，不過如果是漱口就ＯＫ。只要讓嘴巴裡面變得溼潤，應該就會舒服多了。你等一下。」護士把從護士站拿來的杯子和碟子遞給我。

「藤澤，妳把水含在嘴裡，然後吐出來，不要喝下去。等一下，呃……」

我讓藤澤把頭轉到旁邊，小心地把水倒入她口中，然後把碟子放在下面。

「呼，好多了……」藤澤把嘴裡的水吐出來後，又昏昏沉沉地睡著了。

在那之後，我又讓藤澤漱了幾次口，聽她喃喃地說「謝謝」或「對不起」，時間就這樣過去了。或許是因為麻醉退了，她的眼睛逐漸變得有神，說出的字數也增加了，讓我感到安心許多。到了七點，廣播宣布探病時間結束。

「山添，謝謝你……」

「嗯。」

「對不起……」

「妳不要在意。」

「拜拜。」

「嗯，再見。」

我雖然站起來，但內心卻在擔心要是她半夜口渴、感到很難受怎麼辦。不能靠自己的力量活動時，要是沒有人在旁邊，就沒辦法做任何事。我邊想邊看著再度閉上眼睛的藤澤，聽到來探視的護士說：

「探病時間已經結束了。」

「真抱歉。」

「沒關係。手術是成功的，明天上午應該就可以拿掉點滴、下床走路。」

「這樣啊。」

我很難想像她現在這個狀態到明天就能走路，不過看樣子不需要我擔心。

「那就拜託您了。」

我對護士鞠躬，接著走出病房。

從醫院騎自行車到家要三十分鐘左右。騎這麼長的時間，身體也開始流汗。身心科的醫生說過「鍛鍊體力很重要」，但是我因為對承受負擔感到不安，一直沒有做什麼運動。不過此刻身體雖然疲憊，卻也感到爽快。我揉著已經開始繃緊的小腿，心想我應該像這樣慢慢開始運動才行。

次日下班之後，我從公司開小卡車前往醫院。雖然覺得應該沒必要再去了，但是我想要看到藤澤確實清醒的樣子。

「啊，果然是山添。」

我在五點多到達病房時，藤澤已經坐在床上看雜誌。她的聲音很平穩，眼神中也有活力。從昨天那樣的狀態，只過了一天就能恢復這麼多，我不禁佩服身體的潛力。

「什麼事？」

「你昨天來過吧？我大概是因為麻醉的關係，當時腦袋昏昏沉沉的……早上我媽來的時候，說公司的人有來過，可是我完全想不起來。對不起，讓你花時間了。」

「嗯，還好。」

「山添，你也真倒楣。社長真的很容易擔心。我只是得了盲腸炎，根本不是什麼大不了的手術。」

藤澤大概以為我是因為社長命令，昨天和今天才會來醫院。事實上，我到這裡來是基於自己的意志，而且是利用電車和自行車過來的。我在慌亂當中跳上電車，結果在車上發作——我有點想要把這段經過當成笑話告訴她，不過又覺得沒有必要特地說出來。

「我昨天見到妳媽媽了。」
「我媽沒說什麼不必要的話吧？」
「不用擔心。她長得跟妳很像。」
「常常有人這麼說。」
「藤澤，妳有沒有什麼想要的東西？」
「想要的東西……？我想想看。啊，對了，我在住院之前想要買新的吸塵器。我現在的壞掉了。我打算這次買無線的吸塵器。」
她昨天還虛弱到無法喝水，現在卻興匆匆地說話。看到她跟平常一樣有些脫線的感覺，我就感到安心了。
「我不是指那種東西。我是在問妳現在想要什麼。」
「現在？」
「比方說水或運動飲料，或是毛巾之類的。」
「哦，這樣啊……我媽今天早上在冰箱裡放了很多東西，而且我現在也可以走到會客室，在自動販賣機買東西，所以不需要吧。」
「這樣啊。」
雖然有點誇張，不過能夠憑自己的意志得到自己想要的東西，真的很厲害。我環顧被隔簾圍起來的狹小空間，想要尋找還有什麼事可以做，卻什麼都想不出來。已經能夠自由活動的藤澤，沒有我可以幫上忙的地方。

「對了，山添，你是怎麼到這裡來的？」

藤澤在對我說「你可以自己拿冰箱裡的東西來喝」之後問我。

「你現在還沒辦法搭電車吧？又不可能走路過來。到底是怎麼來的？我想不到其他交通方式。」

「我跟公司借小卡車開過來的。」

開車只需要十五分鐘左右就能到達醫院。這麼短的移動距離，卻會被感到不可思議，讓我有些無奈。

「送貨用的卡車？開卡車就沒有問題嗎？」

「只要是自己駕駛、可以自由開窗、隨時隨地都可以停下來的交通工具，都沒有問題。」

「原來如此。你對交通工具也很講究。」

不是講究，而是只有這種選項而已。我從冰箱拿出水，坐在折疊椅上。

「啊，對了，住川說她明天會來探病。」

藤澤聽我這麼說，就皺起眉頭喊「不會吧～」。

「怎麼這麼說？她特地要來看妳，太失禮了。」

「不行，我會很傷腦筋。雖然很感謝她的心意，可是又不是什麼大不了的病。你跟她說醫院裡很忙之類的，請她不要來吧。」

「她來有什麼關係？」

「可是我又沒有洗澡，也沒有化妝，穿著又這樣，她來了我也沒辦法招待……」

「妳現在住院，這樣也沒關係吧？」

「不行，絕對不行。這副模樣只能給家人看到。山添，你想辦法勸阻她吧，拜託。」藤澤雙手合十哀求我。

「我沒自信能辦到。我很不擅長說那種社交辭令，而且平常我也很少跟她交談，不曉得能不能順利唬過去。」

「一定可以的。山添，你擅自跟住川談了我的PMS的事吧？」

「那是因為……咦？藤澤，妳這次沒有出現PMS的症狀嗎？」

「嗯。不知道是不是因為麻醉的關係，或者是因為動手術根本顧不到那種東西，所以沒問題。更重要的是，你絕對不要讓任何人來探病。拜託你了。」

藤澤再度對我雙手合十。

「我會試試看。」

「不能只是試試看，一定要做到。這種手術根本沒什麼，而且我已經恢復健康了，要是還麻煩別人來探病，我會因為太抱歉而肚子痛。」

藤澤說得很誇張，我只好姑且點頭說「好好好，我知道了」。

到了六點，廣播宣布晚餐時間到了，藤澤就聳聳肩說「大概是稀飯吧」。

「那我先回去了。」

「嗯，好。謝謝。」

「下次在公司見。」

「嗯，是啊。」

即使只有稀飯，也已經能吃東西了。星期六早上就能出院，應該也不需要別人來幫忙吧。我最後環顧整間病房，揮揮手對藤澤說「再見」。

第二天，我一到公司就向住川報告：

「我昨天去見過藤澤了。她似乎很有精神，然後說如果妳去探病，她反而會感到不好意思，所以要我轉告說不用去了。」

住川瞪大眼睛問：「咦？山添，你昨天也去了嗎？」

「嗯，是啊。」

「哦。」住川露出意有所指的笑容。不論是藤澤的母親或住川，為什麼女人總是動不動就喜歡把別人湊成一對？

「她星期六就要出院了，醫院好像也很忙，所以她希望大家不要去看她。」

我無視住川的反應繼續說。

「哦？可是你不是去了嗎？」住川仍舊笑嘻嘻的。

「我也不會再去了。」

「那今天就由我去吧。」

「最好不要去。藤澤說，她不想讓家人以外的人看到自己邋遢的模樣。」

住川聽到我說的話，便大聲問：「什麼？你們兩個該不會要結婚了？」

結婚？什麼意思？這句話反倒讓我吃驚，反問：「妳在說什麼？」

「你剛剛不是說，美紗說她現在的樣子不想讓別人看到，可是卻不在意讓你看到嗎？」

「哦，原來是這個意思。不是這樣的。那個人根本不把我放在眼裡，所以才不介意讓我看到邋遢的樣子。」

「又來了。原來你們兩個的關係已經進展到那種地步。一開始你們好像還很受不了對方。」住川這麼說。

藤澤替我剪頭髮，又送我御守；我們兩個整理了辦公室，又一起聽原聲帶。我原本有點受不了藤澤這個人，不過卻逐漸可以跟她一起做這些事。而且原本只有藤澤擅自來我家，後來卻變成我跑到她的病房。我們雖然不會結婚，但彼此之間的關係的確有進展。

「啊，被我說中了嗎？」

「沒有。總之，請妳不要去探望她。」

要阻止他人的好意雖然有些過意不去，但是我可以輕易想像到住川去探病時藤澤操心的樣子。我再度叮嚀住川，「藤澤已經沒有問題，所以等她回到公司再見面就行了」，然後急忙逃往倉庫。

住川節奏明快的對話雖然有趣，不過跟她談話也很累。我一邊整理送貨用的東西，一邊鬆了一口氣。姑且不論我說得夠不夠好，這一來住川應該就不會去探病了。我正為了大功告成感到安心，忽然想到，是不是應該把住川不會去的消息告訴藤澤。

她在病房如果不知道有沒有人要來，應該會感到不安吧？不對，她知道我會幫她拒絕，所以應該沒問題……不過她大概不相信我能夠說服住川。要不要告訴她不會有人去探病了？我拿出手機，傳簡訊給她。

然而到了下班時間，藤澤仍舊沒有回覆我。我打了幾次電話，但是沒有打通。她該不會沒有把手機帶到醫院吧？算了，不通知也沒關係吧？不，要是處在懸而不決的狀況，未免太可憐了。這樣一來，為了告訴她住川不會去看她，難道我又得跑醫院一趟？話說回來，在得到小卡車、出租自行車這樣的交通手段之後，我開始對自己產生信心。那麼，跑一趟也沒關係吧。反正春天前的傍晚也很舒適。

今天的工作也跟平常一樣結束。藤澤請假三天應該會造成很大的影響，但是大家都自然而然地代替她完成工作。平西、鈴木和住川雖然年紀大了，不過動作都很俐落，不吝惜付出勞力。多虧如此，栗田金屬即使有人請假，也不會造成太大的損害。或許原因不在於這裡只有每個人都會做的工作，而是因為每個人都很會工作。只有我依舊只做到自己的工作。最年輕的員工這麼不中用，我自己也感到有些過意不去，不過既然有恐慌症，那也沒辦法。我在心中嘰哩咕嚕地找藉口，然後第一個離開公司。

我原本想要再借公司的小卡車去醫院，但想到要是住川詢問是不是要探病也很麻煩，於是決定騎自行車。不過每次租自行車的手續也很討厭……對了，乾脆買一輛吧。這兩年都沒什麼花費，買自行車不是問題。我彷彿想到一個大計畫般雀躍不已，直接在回家途中的店裡買了自行車。雖然覺得有點土氣，不過為了放行李，我選了有籃子的自行車。姑且不論外觀，這輛自行車輕巧堅固，感覺很耐騎。灰色車身和深藍色的座椅，看起來也很帥氣。

我立刻開始試騎。想到這是自己的，就可以毫不客氣地使用了。即使到了這個年紀，買了新的東西還是會感到興奮。騎自行車到醫院三十分鐘，距離剛剛好，運動量也剛剛好。上次是很久沒騎，不過今天因為是第二次，所以騎得很順。

到達醫院，我先到一樓商店買了一些飲料，再上樓到病房。

「藤澤，我要進去囉。」

我呼喚之後打開隔簾，藤澤驚訝地說：

「山添？你怎麼來了？」

她已經下床，正在整理櫃子，看來應該完全恢復了。

「有什麼事嗎？」

「我是來告訴妳，今天住川不會來探病。我有傳簡訊，可是電話打不通……藤澤，妳沒有帶手機到醫院嗎？」

「喔，因為在醫院裡，所以我關掉手機電源，而且一直放在包包裡……抱歉，替你添麻煩了。」

我早就猜到大概是這種情況，不過也罷。今天我買了自行車，心情很好。

「沒關係。」

「謝謝你特地來告訴我……那就不用了。」藤澤說完，坐到床上。

「什麼東西不用了？」

藤澤請我坐下，我便坐在折疊椅上。

「我原本以為你一定沒辦法勸阻住川來探病。如果她要來，應該是在下班之後，所以我正在整理床鋪周圍。要不然牙刷和毛巾都放在外面。」

「妳真有活力。」

「嗯，沒錯。我現在已經可以活動，在這個樓層走來走去，像是到會客室之類的。而且也可以正常用餐。」

「這樣啊。那妳選自己喜歡的吧。」

我把在商店買的飲料放到桌上。

蘋果汁、運動飲料、茉莉花茶和麥茶。「哇，好難選。」藤澤高興地說著，選了蘋果汁。我拿了麥茶，把其他飲料收到冰箱裡。

「山添，你今天也開小卡車來嗎？」

「不是，我買了自行車。」

我的聲音聽起來很得意，連我自己都忍不住笑出來。藤澤也跟著我笑，不過還是拍手說「太棒了」。

「自行車真的很方便，比走路還快，又完全沒有封閉感。而且我國中跟高中都是騎自行車上學，原本就很喜歡自行車。」

「這樣啊。」

「自從恐慌症發作以來，這是我最大一筆購物，不論是價格還是實際大小都是最大的。」

「哇，你真的下了很大的決心。」

「三站的距離，騎自行車三十分鐘就到了。」

「滿快的嘛。」

「雖然是附籃子的自行車，不過騎起來很舒服。」

我只是買了自行車，藤澤就誇讚了好幾次，讓我不禁變得多話。

在這不到半年的時間裡，我想起了幾件恐慌症發作以來忘記的事：我以前常常聽皇后樂團的歌，喜歡吃日式點心，擅長騎自行車。同時我也體認到自己還有沒辦法做到的事，像是進入電影院，或是搭乘電車。

不過我有其他方法。

不能去髮廊，可以在家剪頭髮；不能進入電影院，可以邊吃爆米花邊聽原聲帶；無法搭乘電車也可以騎自行車。有很多時候，新的方法不只是替代方案，反而更有趣。

會客時間結束時，藤澤送我到電梯廳。

「你可以搭電梯嗎？這裡也有逃生梯。」

「我還是走樓梯吧。藤澤，妳真的不要緊嗎？不要太勉強。」

「頂多動的時候肚子的傷口有點痛，沒有其他問題。」

「人類的身體真神奇。」

「真的。得了闌尾炎，切開肚子動手術，也只要三天就能恢復了。」

「雖然不是萬能，不過我們都有恢復的力量。」

「嗯，沒錯。」藤澤露出笑容。

「那麼晚安。」

「晚安。」

我朝著揮手的藤澤鞠躬後走向階梯。

只要想辦法，就能到達某人的身邊——這一點一定是藤澤教我的。

「我後天就要出院了，不需要這麼多飲料。山添，你帶回去喝吧。」

藤澤把裝了飲料的袋子遞給我。這些飲料大概是原本放在冰箱裡的，數量比我帶去的還要多。在病房中被隔簾區隔的狹小空間裡，我和藤澤待在一起時沒有緊張感或壓迫感。

我想起在寒冷的十一月星期六那一天，藤澤來我家替我剪頭髮時，拿出手持吸塵器與垃圾袋的模樣。我心想，我喜歡藤澤的不是她超出常理的舉動，而是這種地方。

17

出院那天從早上就是好天氣，病房裡也照入美好的陽光。雖然只在醫院待了五天，我已經懷念起外界的空氣。即使不是多大的病，封閉的空氣也令人感到憂鬱。

我入住的是四人房，不過跟我同房的只有一個人。我只看過那個人幾次，年紀大概比我大十歲左右。名字貼在病房門口，因此我知道她的名字，不過除此之外我對這位室友一無所知，也不知道是輕症或重症、要住院多久、何時出院等在這裡很重要的事項。雖然從早到晚在一起生活，見面時也會打招呼，但並沒有進一步認識彼此。

結束最後的診察之後，我整理床鋪，由護士過來確認有沒有遺留下來的東西。接下來只要在樓下的櫃檯結帳，就可以出院了。現在可以回去了嗎？我是第一次住院，所以不太清楚需不需要向同房的人打聲招呼。什麼都不說就走，會不會感覺很失禮？還是說，告知自己要先出院會被認為是在刺激對方？完全無法判別對方的立場和心情，就不知道該怎麼行動。這種時候，最好還是什麼都不要做吧。

我邊想邊收拾最後的行李時，山添進入我的病房。

「啊，幸好還來得及。」

他或許是急著趕來的，臉頰很紅。

「怎麼了？我已經要出院了。」

「我知道，我是來接妳的。不過因為是騎自行車，所以只能幫妳搬行李。」

「行李？」

睡衣是跟醫院借的，行李只有毛巾、內衣和牙刷，用一個紙袋就能裝進全部。這麼一點行李我可以自己拿，而且我現在也能正常活動。因為沒什麼困難，我還拒絕了原本說要過來的母親。

「我打算搭計程車回去……所以不用了。」

「可是從這裡要到樓下──還有，妳住公寓吧？住幾樓？」

「三樓。」

「那麼要搬到房間很辛苦吧？」

「是嗎？」

雖然說手術的疤痕會隱隱作痛，不過也不會太嚴重，而且紙袋的重量用一隻手也能拿。

「如果計程車先到就沒意義了，所以我現在就把行李搬到自行車吧。」

「不用了。我已經恢復體力，而且搭計程車比用自行車來載更輕鬆。」

「不要緊。我的自行車有附籃子。」

山添拿起椅子上的紙袋，又說：「啊，告訴我地址吧。」

「你不用幫我做這種事……」

「我都已經來了。總之，告訴我地址吧。」

我在他的催促之下告訴他地址，他就說：「那我會把行李放在妳的房間門口。妳慢慢回家吧。啊，還有這個。」

山添遞給我一個小小的信封。

「這是什麼？」

山添壓低聲音說：「這是電視預付卡。在這裡使用冰箱也要用這張吧？」

「是啊。」

即使不怎麼看電視，在這家醫院就連讓冰箱運轉也需要電視預付卡，所以我也買了幾張。

「藤澤，妳的預付卡還有餘額嗎？」

「還剩三小時左右。」

「我想也是。妳應該很不擅長剛好用完這種東西。」

什麼意思？我皺起眉頭。

「妳可以把剩餘的份一起放在信封裡，然後在道別的時候送給室友。這種做法應該很符合妳的作風吧？」

山添說完，又說了聲「那就這樣，我先走了」，就拿著我的行李走出病房。

「搞什麼……」

事情來得太突然，我還沒意會過來，就已經看不見山添的背影了。剛剛那是怎麼回事？現在才早上十點。突然出現的山添在我的驚訝還沒平息之前，就搬走我的行李，給我一個信封。他的步調有這麼快嗎？自行車是可以如此輕鬆移動的交通工具嗎？我邊想邊打開信封，看到裡面有兩張一千元的電視預付卡。只要告訴對方「我媽和同事來看我的時候都會幫我買預付卡，結果就剩下來了」，應該能夠讓對方比較容易接受。就如山添所說的，這種做法的確很符合我的作風。我在送禮物時，總是太過執著於不讓對方感到困擾，因此總是選些乏味的實用品。

不過在這裡，電視預付卡大概是送禮最佳選擇。食物有可能遇到過敏或限制飲食的問題，書籍和毛巾也會有個人喜好差異。預付卡是手掌大小的薄薄一張卡片，餘額也能退錢，不會造成浪費，在送給對方的同時也可以道別。

「那個，我今天要出院了。如果不介意的話，請妳收下這個。」

我朝著對面的床鋪說話，隔簾就拉開。

「這樣啊。」

「啊，對不起，突然打擾妳。」

「不會。」

女人在床上重新坐好。

「我的電視預付卡還有剩。如果妳不介意的話……」

我遞出卡片。

「唉呀，真謝謝妳。沒關係嗎？」女人對我微笑。

「很抱歉，送上剩餘的東西。」

「這很實用。恭喜妳出院。」

「謝謝。」我稍稍點頭。

「我大概下星期四也可以出院。」

「這樣啊。」

聽到對方不久之後也能出院，我鬆了一口氣。

「現在天氣還有點冷，請多保重。突然活動的話，身體也許會受不了，別太勉強。」

首次面對面交談的女人所說的話，意外地讓我感動。

「我會小心，謝謝妳。那就再見了。」

「再見。」

女人面帶微笑對我點頭。

雖然只是簡短的幾句對話，心情仍舊清爽許多。光是這樣的對話，就讓我覺得內心的糾葛解決了。這麼一來我可以毫無牽掛地出院。我正準備走出醫院，就想到必須慢慢回去才行，不禁嘆了一口氣。不論如何，計程車一定會比自行車更早抵達。我看看手錶，山添離開這裡還不到二十分鐘。還是先休息一下再回去吧。我結帳之後，在大廳喝完自動販賣機買的茉莉花茶才走出醫院。

不知是因為一直躺在床上，或是剛動完手術的緣故，來到外面時感覺有點頭暈。就連三月溫和的陽光也讓我感到刺眼。才經過五天，季節就已經明顯出現變化。風、陽光和淡綠色的樹葉，處處瀰漫著春天的氣息。

我坐上停在醫院入口的計程車回到公寓，看到紙袋放在門口。太好了，我比他晚到——我為了莫名其妙的事情感到安心，拿起紙袋和放在一起的便利商店袋子進入屋內。袋子上用奇異筆寫著「恭喜出院」。

山添對於疾病程度的判斷實在有點問題。他以前聽到我把恐慌症和PMS相提並論就感到不悅，可是現在卻為了區區闌尾炎趕到醫院，還送我慶祝出院的賀禮。不過拿到出院賀禮還是很高興。袋子裡裝了五個不同種類的果凍。

回到家的星期六，我整理了房間，無所事事地在家度過一天。手術後的身體似乎比我想像的耗損更多體力，稍微動一下就感到疲憊。次日我也睡到中午過後，邊吃果凍邊發呆。

我一方面想要快點整理完畢，一方面也覺得身體慢慢恢復的感覺並不壞。我因為肚子痛到不行而住院，診斷出闌尾炎時原本還鬆了一口氣，覺得幸好沒什麼大不了，沒想到第二天就開刀了。雖然是簡單的手術，身體還是變得無法動彈，不過經過兩天之後又能夠走路，不禁讓我感嘆身體比自己想像的更堅強。

話說回來，山添竟然能夠騎自行車了。到底發生什麼事？得到步行以外的交通方式，對山添來說是很大的變化。我也想要得到可以從現在的地點到別處的移動方式。這時我忽然想到一件先前就在意的事。我因為得了闌尾炎忘記了，不過山添說他知道是誰送御守的了。

那家公司叫什麼？我回想起那天山添給我看的網頁——公司名稱好像是叫 Quality 什麼的。我用電腦上網搜尋，找到一家 Quality S&M。沒錯，就是這家公司。這裡的某個人寄了御守給山添。對於只工作半年左右的新進員工也這麼體貼，大概是一家好公司吧。而且就像山添有時會自己說的，他想必工作得很勤奮，也因此到現在別人都還掛念著他。

雖然說官方網站理所當然會展現美好的一面，不過從公司內部的照片，可以感受到融洽而充滿活力的氣氛。網站上也有提到十二月去伊勢神宮旅行。照片下方寫著「為公司今後發展及大家的幸福祈禱」。

送御守的人，知不知道他的祈禱已經傳達給山添了呢？從山添談到上司時的樣子，我可以想見贈送者是位值得信賴的人。我很想至少讓他知道山添已經收到御守，但這樣會不會太多管閒事呢？

我腦中浮現山添皺著眉頭說「藤澤又在多管閒事」的表情。然而山添裝作淡然的樣子，實際上也滿愛管閒事的。他每天到病房來看我，最後還準備電視預付卡，並且幫我搬運行李。

我逕自找藉口說「彼此彼此」，接著在這家公司的洽詢郵件中，寫下山添收到御守的事，並表明我是他的同事，看到他收下時的反應等等之後寄出去。雖然是星期日，不過當天傍晚我就收到回信。

藤澤小姐：

非常感謝您特地寄信告知關於山添的事。我是以前和他一起工作過的辻本。去年年底，有幸隨同公司的人造訪伊勢神宮，覺得機會難得就買了御守寄給山添。

關於這件事，前幾天我也收到山添的信。

他在信中提到新的公司同事都很溫暖，讓他能夠勉強順利工作，希望能夠慢慢做好在目前的職場能做的事。

得知他找到良好的環境工作，讓我鬆了一口氣。

今後也請多多照顧山添。

什麼意思？我重讀了好幾次這則郵件。也就是說，山添寫信給送御守的人了？他明明裝出一副不在乎的樣子。

不過從這則回信，我也能想像到山添是懷著什麼樣的心情寫信的。伊勢神宮和日吉神社的神明力量，前一個職場與現在的職場兩位上司的祈禱——御守充分發揮了效果。

18

三月下旬，藤澤回到工作崗位，栗田金屬也恢復跟平常一樣的每一天。原本還殘留著寒意的風變得溫暖，社長也說差不多該收起暖爐。春天到了。或許是因為從小學就以春天為新年度的開始，迎接四月時比新年更讓我興奮。

「山添，你最近的氣色很好嘛！」

午餐時，社長對我說。

「是嗎？」

「你是不是開始做什麼運動？像是健走之類的。感覺你好像連身體都變得結實了。」

「運動……？」

我正感到詫異，隔壁座位的平西也開玩笑地說：「山添最近的確變瘦了，是不是偷偷在鍛鍊？別保密，告訴我吧。」

「我沒做什麼運動。硬要說的話，就是我現在改成騎自行車上班。或許是因為這樣吧。」

「哦，騎自行車對身體這麼好嗎？我最近肚子也凸出來了，乾脆也來騎騎看吧。」

社長邊說邊把紅豆麵包放入嘴裡，平西便笑他：「吃那麼多的話，不管做什都沒用。」

我只是把走路改成騎自行車，運動量並沒有太大的變化，不過自行車可以到很遠的地方，也能夠迅速前進；這一點意外地帶給我自信，恐慌症發作以來的慢性運動不足或許也稍微得到改善。我開始騎自行車才十天左右，因此沒有出現從外觀看得出來的變化。社長能夠不經意地指出來，或許觀察力滿敏銳的。他給人的印象是從容不迫，實際上卻很有能力。不，不只是社長。公司裡只是沒有提升業績的目標，事實上栗田金屬的每個人都並非沒有工作能力。

藤澤請假的期間，工作沒有任何停滯。過去不論是誰請假，都沒有造成太大的困擾，我原本以為是因為每一個人的工作量都不多，而且都是些不論是誰來做都一樣的工作；不過藤澤不論是事務、雜務，或是與客戶的應對都樣樣來，工作很忙碌。我原以為她有四天不在會讓公司陷入混亂，但即使她不在，工作還是進行得很順利。事務工作由住川處理，客戶由社長應對，由此增加的工作，則由鈴木與平西以沒有人知道、甚至連他們兩人大概都沒發覺的自然動作來支援。大家只是沒有強調，事實上在栗田金屬工作的人都很有能力，至少比我更厲害。先前隱約察覺到的事實，因為藤澤請假而變得明朗。

我以前覺得這家公司對恐慌症的我來說，是個自在輕鬆的職場，另一方面也是無法帶來成就感的無聊職場；不過看樣子，這個想法是天大的傲慢。即使是恐慌症的我，或是容易操心的藤澤都能感到自在，絕對不是因為工作輕鬆，而是因為栗田金屬的這些成員營造的公司氣氛。

我寄出感謝御守的信之後，辻本課長又寫信給我，上面寫著：

我可以想像到你不論在什麼樣的職場都勇於嘗試的姿態。我相信即使在這種無法動彈的狀況，你內心一定也隨時想要這麼做吧。

辻本課長認識的我，和現在的我已經完全不同了。我既不會工作，動作又緩慢，腦袋也不清楚，溝通能力則降低到十分之一。

我當時很喜歡工作。就像我喜歡騎自行車、吃日式點心、聽音樂，以前的我也熱衷於工作。剛學會的工作逐漸變得熟練，將各種點子化為實體，都讓我感到快樂。

我有恐慌症。像是集體行動、搭乘電車、外食……等等棘手的事，我沒有必要去做。要是勉強自己而無法承受，就有可能演變為更嚴重的症狀，也因此我割捨了許多事物。不過我沒有必要連自己喜歡的東西都疏遠。畢竟還有人會暗中為我祈禱。

「對了，謝謝你送我御守。」

當社長吃完紅豆麵包、接著要打開奶油麵包的袋子時，我對他說。

「御守……喔，那個啊……」

社長的表情就好像做壞事被抓到的小孩子。他抓抓頭，「嘿嘿」笑了幾聲。

「我把它放在包包裡帶在身邊。」

「那就好。啊，對了，我要投入御守的時候，不小心把自己的也丟進去了。雖然覺得不太好，不過我打開你家的信箱，看到還有另一個御守在裡面。那個御守沒有包起來，所以我就擅自把它一起放進袋子裡了。」

「謝謝。」

「山添，你常常收到御守嗎？」

「還好……」

「有很多人關心你，是一件很棒的事。我都沒有收過別人送的御守，所以很羡慕。」社長說完又笑著說，「畢竟都已經是老頭子了。」

我很感謝送御守的人，也很高興有人關心我，不過我才二十幾歲，未來一定比過去更長；而且我還可以靠自己的力量行動，不能只是等人來幫我祈禱。

「企劃書？是你要製作嗎？」

星期五下班途中，我推著自行車，和藤澤並肩走在一起。

「說成企劃書也許有點誇張，總之我想要舉出自己覺得有趣的點子。」

「感覺好厲害。」

「雖然還只是模糊的狀態。」

「你怎麼突然產生幹勁了？」

「上次社長也跟我說，我的身體變得結實，氣色也變好了。」

藤澤看著我的身體，懷疑地說「是嗎」。

「妳還是這麼失禮！算了，連我自己也沒有發覺。不過大概是因為騎了幾次自行車，讓我看起來變得稍微健康了點。」

「原來如此，運動真的很重要。然後呢？」

「我當時覺得社長很厲害，能夠察覺到員工那麼小的變化。」

「畢竟他很體貼。」

「光是體貼，不會察覺到細微的變化。社長是個很敏銳、很能幹的人。」

「真的嗎？」

藤澤的表情顯得不太相信。社長總是慢條斯理的，看起來好像只有溫和這項優點，因此也不能怪她。

「沒錯。栗田金屬有寬容而厲害的社長，以及能幹的員工，今後一定很有發展性。」

「能幹的員工是誰？」

「所有人。」

藤澤聳聳肩說：「不要隨便把我算進去。」

「藤澤，妳上次不是請了四天假嗎？但是公司並沒有因此而特別出問題。」

「那當然。反正我也沒做什麼大不了的事。」

「不對，妳平常做了很多工作。可是當妳請假，大家都能夠各自進行支援，所以沒有人會感到特別沉重的負擔，卻能夠彌補妳的空缺。」

「這樣啊。」

「平西都已經過了六十歲，行動力還那麼強。聽說他知道所有客戶的生日。鈴木對商品的知識也很豐富，光是一根釘子，他就能說上三十分鐘。」

「好厲害。」藤澤張大眼睛看我的臉。

「沒錯吧？我也很驚訝。」

「不是。我知道鈴木對商品懂得很多，還有平西跟客戶很親近。我驚訝的是，你竟然會知道這些。原來你跟大家聊得這麼深入。」

「沒有。我沒有說話，只是聽大家在職場聊天才知道的。」

「你竟然會對其他人產生這麼大的興趣，感覺都不像你了。」

這是什麼意思？不過看藤澤說話時開心的樣子，應該是在稱讚我吧。

「所以說，我打算想出幾個方法。」

「方法？」

「讓這家公司發展的方法。」

「比方說呢？」
藤澤一如我的預期，顯得興致盎然。
「栗田金屬這家公司規模雖小，不過商品種類很多，不論是釘子或板子都一樣。」
「是嗎？」
「除了五金行和生活百貨賣場以外，應該也有很多人會對這些商品感興趣。專業的物品光是用看的也很有趣，而且現在有越來越多人喜歡ＤＩＹ了。」
「原來如此。」
「我在想，可不可以每個月在星期日或其他假日開放一、兩次倉庫。光是可以看到平常不能進去的倉庫裡的商品，感覺就值回票價了吧？」
「嗯，滿不錯的。」
「既然星期日加班，妳平日就可以休息。」
「咦？已經決定要我星期日來加班嗎？」
「這種事就由我們年輕人來做吧。雖然這麼說，不過社長大概也會出現。妳可以在ＰＭＳ快要來的時候休息兩天左右，這樣剛剛好。栗田金屬是一家對員工也很體貼的職場。」

「你想得真多。不過不會很辛苦嗎？」

「以個人為對象的話，應該不會賣出太多商品。只比現在的工作量稍微增加一點，應該不會造成大家太大的負擔。」

「山添，你真厲害。嗯，很厲害。」

藤澤說了兩次同樣的話，讓我也開始相信了。

「我以前其實很喜歡工作。」

「嗯，看得出來。」

「藤澤，妳也是吧？」

「我？這個嘛……」

藤澤的回答不太有自信，不過她連假日都跑到辦公室來整理，不可能會討厭工作。

「對了，倉庫的物品配置必須稍微更動才行。最好區分業者用和個人容易入手的商品。還有，開放日也許星期六比星期日好。應該很多人會在星期六買材料、星期日製作。」

「的確。那就整理得更具體一點，跟社長談談看吧。」

「嗯。社長一定會很高興。」

「希望如此。」

朦朧的念頭在說出來之後變得更具體。即使只是模糊的點子，在和他人分享之後，就會動了起來。而當我告訴藤澤之後，就會感覺好像真的能夠實現。

「拜拜。」

「嗯，拜拜。」

到達車站，目送藤澤進入驗票閘門之後，我跨上自行車。

19

不能失去倉庫的氣氛，但是如果太過冷冰冰的，也很難吸引人進入吧。入口最好設置看板之類的，不過也要避免看起來太廉價。選擇氣氛很重要。還有，首先必須要宣傳才行。我和山添應該能夠設法製作網站，不過如果是要告知鄰近居民，或許可以用發傳單的方式。

想到這些點子，我就感到愉快。

人不工作就沒辦法生活，沒有工作的話每天就無事可做，也因此我才會上班；不過工作帶來的不只是這些。我希望能夠利用自己的能力，至少稍微派上用場，我也想要把自己心中的想法用某種形式表現出來。工作能夠滿足這樣的心願。藉由工作，眼前無比龐大的時間似乎就能擁有些許意義。

我以前曾自以為是地分析，栗田金屬的優點就只有平靜與自在，認定自己最適合這樣的職場；另一方面我也擔心，直到退休都過著這樣的生活真的好嗎？這樣下去感覺好像哪裡不夠。我明明在內心深處抱著這樣的想法，但為什麼一直沒有採取行動？社長不會因為一點點小錯而生氣。由於公司規模很小，因此能夠參與關係到整體的事。我希望大家覺得我很認真工作，不希望被當成不知分寸的人。我拚命要扮演恰到好處的自己，結果錯過許多能夠得到成就感的機會。

「夾報傳單一張要三圓——沒想到還滿貴的。而且現在很少人訂報紙了。」

「沒錯。也許可以在附近散步，順便投信箱。還有，我們可以跟超市談談看，能不能把傳單貼在那裡。首先要看能夠挪出多少宣傳費。」

聽了山添提案的次日星期六，我到公司，看到山添也在。兩人對於彼此來到公司都不感到驚訝，從早上就一起畫倉庫的平面圖，然後在辦公室邊吃午餐邊思考宣傳方式。

「對了，面試的時候，社長跟你說過，既然以前是在顧問公司上班，栗田金屬也拜託你了。」

「有嗎？」

「他大概沒有想到真的能夠實現吧。」

「我面試的時候狀況不太好，昏昏沉沉的，所以完全不記得說了什麼。」

山添邊吃飯糰邊說。

「這樣竟然還能錄取。」

「社長很有看出才能的眼光。」

山添說完，兩人都笑了。

「我原本以為這家公司因為不需要提升業績，才會以助人的心態僱用ＰＭＳ的妳和恐慌症的我。不過這樣的想法大概是太失禮了。」

「不是嗎？」

我也這麼以為。我坦承有ＰＭＳ之後，在面試中錄取我的就只有栗田金屬。有那麼多求職者，沒必要特地僱用一個隨時可能會發脾氣請假的人。我以為社長是因為同情無處可去的我才僱用的。

「栗田金屬也不是在做慈善事業，應該也會追求成果。」

「嗯，畢竟我們也有領薪水。」

「這家公司除了我們以外，大家都六十歲左右了。這種時期錄取兩名年輕人，而且又都是轉職的，或許是希望我們能夠為公司帶來某種變化吧。」

「原來也有這樣的想法。」

我邊喝熱茶邊說。我完全沒有想過這種事。不過社長大概也一樣，只是希望年輕人進來之後，公司能夠更有活力。

「我們都還年輕，不能只是在悠閒自在的舒適圈中生活。」

山添說完打開電腦，似乎打算要嘗試製作網站。

「你不要突然勉強自己衝太快。」

「我沒有勉強自己。我打算向社長提議，星期六、日工作可以換來平日的假日。這年頭，對員工友善的職場環境可以大幅提升公司形象。」

「這樣啊。」

山添曾經說過，他想起自己喜歡的東西：日式點心、自行車，還有工作。他再度得到自己喜歡的東西，顯得格外清爽。

我以前喜歡什麼？踏出社會的時候，我想要做什麼？

我當然也有不少喜歡做的事，像是看電影、更換房間布置等等，不過我從來沒有可以稱為希望的東西。我只想和他人相處融洽，過著平和的生活；我想要迴避棘手的東西，不想讓自己難過；然後在每一天結束，還有到了週末，可以鬆一口氣。我一直過著像這樣的生活。我有不想做的事，但是我真的有想做的事嗎？

「藤澤，妳喜歡看到別人高興的樣子。」

當我呆呆地思考時，山添對我說。

「什麼意思？」

「在意他人評價、希望別人喜歡自己，聽起來好像是負面的，不過其實妳只是希望讓別人高興而已。妳不是因為操心，而是因為自己喜歡才做的。」

「是嗎？」

「要是不喜歡，就沒有辦法做到這種程度了。」

山添指著擺在桌上的午餐。

「這又怎麼樣？」

「妳的食量並沒有特別大吧？我也一樣。妳一定是想要找各種我能夠吃的東西。」

我的確想到山添搞不好也會到公司，因此在便利商店和麵包店買了食物，不過以兩人份而言的確太多了。我並沒有想太多，只是覺得山添討厭的東西應該很多，也會提出抱怨，因此才難以做出選擇。

「櫻餅是我最喜歡的日式點心。」

看到山添笑著這麼說，我就覺得值回票價了。

我不知道自己的行動根源是不想被人討厭，或是希望別人開心，不過如果只是害怕被人討厭，未免太悲哀了。不是因為操心，而是因為自己喜歡才做。用這樣的解釋方式，心情就會輕鬆許多。

「這樣想的話，就可以稍微不討厭自己一點了。」

「也沒有必要勉強自己去喜歡。」

山添說他等不及吃飯後點心，因此已經在吃櫻餅。

「是嗎？喜歡自己應該是最基本的吧？不是常聽人說，不能珍惜自己的人，也不會珍惜其他人嗎？」

「如果這種理論可行的話，就會有很多對他人很惡劣的人了。藤澤，妳應該是聽錯了吧？」

「怎麼可能。」

我從小學就一再聽人說，一個人要能喜歡自己才行。歌曲和小說中不是也常常說，要喜歡真實的自己、只有喜歡自己的人才能愛其他人嗎？

「我討厭自己。既膽小又沒有未來展望，完全沒有可以喜歡的要素。」

山添把面對電腦的身體轉過來，對我這麼說。

「不用這麼悲觀吧？」

「我不是悲觀，只是不喜歡章魚跟自己。不過我能夠喜歡上妳。」

「什麼？」
「我是說，即使我討厭自己，也能夠喜歡上妳。」
他的意思是喜歡我嗎？我現在是不是被告白了？不對，感覺怪怪的。
「等一下，你再用簡單一點的方式說一次。」
「我很討厭章魚。看起來很詭異，口感像橡膠，不論用什麼料理方式，我都吃不下去。」
「先別提這個。你剛剛是不是說喜歡我？」
「我沒有說喜歡，而是說我能夠喜歡上妳，」
能夠喜歡上妳——我沒有聽錯，他果然只是在說可能性。
「我不太瞭解這算是失禮還是奉承。」
「是嗎？我並沒有說壞話的意思。啊，對了，『金屬』這兩個字感覺很堅硬，像這樣感覺怎麼樣？」
山添在筆記紙上寫了一些東西拿給我看，上面是「栗田金屬」的文字設計。
「哦。」
「妳不喜歡嗎？」

「沒有，應該滿好的。」

「能夠喜歡上妳」這句話，到底包含了什麼樣的心意？不過我也一樣。我感覺自己也不是快要喜歡上山添，而是「能夠」喜歡上他。

20

我和藤澤在週末整理報告內容，到了星期一，等到大家都回去之後，就把企劃提交給社長。藤澤原本答應和我一起向社長報告，不過後來說「那是你的工作吧」，就匆匆回去了。

「很棒。真的很棒。」

社長聽完之後，讚嘆了好幾次，比我預期的還要高興。

「不過大概要花一年的時間才能上軌道。」

「沒關係。這樣老化的公司應該也能產生活力，而且光構思這樣的計畫就會感到很興奮。」

「太好了。最好可以先開始做宣傳。」

「的確。不過山添，你不要太勉強。」

「我不要緊。」

「連假日都來工作太辛苦了，不要把身體累壞。薪水雖然少，不過本公司的優點就是沒有壓力。」

儘管社長這麼說，但栗田金屬不論增加多少工作，應該都不會造成壓力吧。

「就算要開放倉庫，也不會變得太忙，而且並不是因為工作辛苦才會累積壓力。」

「也是。太閒也會很無聊，辛辛苦苦克服困難確實也能夠得到喜悅。不過還是適可而止吧。」

「也對。」

「不要把自己逼得太緊。」

社長在聽企劃的時候明明很興奮，此時卻顯得很慎重。我可以理解社長想要停下腳步的心情，不過正因為理解，才會想要超越過去。

「這個工作可以做得很愉快，不會造成沉重的負擔，請不用擔心。」

「可是身體會在沒有發覺的時候累積負擔。太拚命的話，無論如何都會勉強自己。」

「我不會有問題。」

我很果斷地回應社長平靜的話語。

「你不會？」社長反問。

「社長，你是想起了副社長——也就是令弟的事吧？」

我不知道這是不是能夠討論的話題，不過我已經決定今後要在這裡繼續工作，那麼應該可以更進一步瞭解社長與栗田金屬。

「……嗯，也許吧。」

「請問令弟怎麼了？如果可以告訴我的話——」

我注視著社長的臉。在深深的皺紋旁，有一雙溫和的眼睛。這雙眼睛總是讓我感到安心。

社長替我和他自己泡了茶，談起栗田金屬曾經有一度非常忙碌，大家都不眠不休地工作，結果他弟弟就過世了。他弟弟雖然感到身體不適，但卻以工作優先，沒有立刻去醫院，看診時已經太遲了。當時他弟弟才五十歲。經過這些年，社長或許已經消化掉悲傷，聲音沒有顫抖，只是淡淡地陳述。

「不是因為工作的關係。」

聽他說完之後，我如此回覆。

「什麼？」

「令弟過世是因為生病。或許他的確應該更早去醫院，但是他並不是因為栗田金屬而死的。」

社長或許因為失去弟弟變得更堅強，但是社長包容周遭所有人的溫柔，並不是由悲傷與後悔堆砌的。

堅定的溫柔是一直深植於社長心中的。在栗田金屬和這樣的社長一起工作，絕對不會縮短性命。

「是嗎？」

「沒錯，當然了。」

社長笑著說：「山添，你在很奇怪的地方特別有自信。」

「因為這是事實。我沒有見過副社長，也不知道當時栗田金屬的情況，不過我認識社長，還有平西、鈴木和住川。栗田金屬的工作不可能會讓任何人感到痛苦。」

「我也希望是這樣。嗯，希望真的是這樣。」社長點頭。

「請讓我試試看吧。我很喜歡工作。我和副社長一樣，喜歡在栗田金屬的工作。」

「看來的確如此。」

「那麼我可以從明天開始執行嗎？」

「當然了。你不要緊的話……」

「我不要緊。當我很專注地投入某件事的時候，就不容易發作。」

聽到我的話，社長慢慢展露了笑容說：

「開放倉庫這個點子感覺很有趣。可以的話，也讓我來參加吧。一開始可以招待客戶家屬，然後再擴大到……啊，抱歉，老人家管太多會很難做事吧？」

「不會。我和藤澤早就料到，社長一定會跟我們一起做。」

「真傷腦筋。」社長發出笑聲。「山添，你的溝通能力滿強的嘛！」

「溝通能力？」

「嗯，你讓我不小心就說出弟弟的事，還能預測我的行動。」社長愉快地說。

以前的我會主動接近任何人，聊很多話。我喜歡認識別人，也喜歡和大家聚在一起。當時的我常常被評為具有社交能力。相較於當時，現在的我說的話只有不到一半，也不會去擴展朋友圈，甚至會迴避與人接觸。

不過當時的我在預期會碰觸到悲傷的話題時，還能夠繼續談下去嗎？我能夠如此自然地說出自己發作的情況嗎？以前的我說過無數玩笑話，跟大家一起笑，但是我沒有和他人談過像現在這樣的話題。

「真期待。下星期六或星期日，大家一起來整理倉庫，接著再下個星期就來試營運吧。」

社長站起來翻月曆。他剛剛不是才說不要太勉強嗎？我忍不住想笑出來。

「好快。」

「啊，對喔！抱歉抱歉。」

「沒關係，就這樣吧。試營運的時候，請客戶家屬來參觀，聽取他們的意見進行改良，希望可以在黃金週的第一天開幕。」

「哦，說得對。那麼要招待的人有……」

社長打開筆記本。

「我來製作試營運用的簡單傳單。另外我也會挑選一些大家可能會想要買的商品。」

我也打開電腦。

「我們公司沒有加班費。」

「我知道。我會在比較空閒的時候早退或遲到。」

「那就是星期二或三或四……好像都很閒。你可以挑喜歡的時候自己休息。」

「好的。呃，社長知道客戶家屬的年齡層嗎？」

「這個問平西就知道。那個人跟客戶很熟，這件事就交給平西來處理吧。鈴木原本是木工，可以介紹好商品給大家。請他擔任顧問……」

社長已經在分配大家的角色。看來這個人非常喜歡工作。我也不能落後。我立刻在電腦裡寫起了企劃。

＊

三月最後一天，我去看每個月一次的身心科。雖然知道診察內容千篇一律，不過不去的話就拿不到藥。我在淡藍的暮色中騎自行車前往。

「身體狀況沒有變化嗎？」

「是的。」

「是嗎？如果藥物依賴性增強，也會造成負擔。如果狀況不錯，要不要慢慢減藥？」

醫生大致問過近況之後，提出慣例的建議。平常的我一定會立刻搖頭說「不行」。依賴也沒關係，只要能夠降低發作機率，我想要繼續吃藥。反正也不知道什麼時候能治好，能夠拿到藥就行了。

但是最近，我開始會思考不被藥物控制的自己是什麼樣子。

不是依靠 **Solanax** 變得穩定，也不是依靠 **Paxil** 產生幹勁，而是憑自己的意志來行動。如果不再依賴藥物，就能夠恢復以前的自己嗎？

不對，還是有點不一樣。即使恐慌症完全痊癒了，我大概也不會像以前那樣和一大群人聚會，或是前往各種地方。我以前明明過著堅定、毫不遲疑的生活，現在卻覺得回到過去的自己好像也不太對。那麼現在的我究竟是什麼樣的人？

「這個嘛……我也不確定。」

醫生看到我在猶豫，顯得有些驚訝。

「你的狀況不錯嘛。」

「是嗎？」

「氣色好像也好多了。」

「氣色……」

「也許是逐漸穩定下來了吧。」

我原本以為身心科醫生都在避免陳述自己的意見或診察結果。我以為他的工作就是每次讓我發言並加以觀察後開處方箋。這應該是我第一次聽到這位醫生的看法。

「減藥也不要緊嗎？」

「不是一口氣減藥，而是慢慢減，如果不行再回到原狀就行了。」醫生輕描淡寫地說。

斷藥很難受，而且失敗一次就會很辛苦——我在網路上看過好幾次這樣的情報。我真的能夠辦到嗎？

「我聽說會很辛苦……」

「聽誰說？」

「網路上看到的。」

「我想也是。能夠輕易入手的資訊，幾乎都是來自聲量大的人。這應該不是瞭解你的狀況的人提出的意見吧？」

「也許吧。」

「下一次診察不要等一個月後，改一星期後吧。這樣的話，很快就可以再來思考下一步該怎麼做了。」

接著醫生對我說「請到櫃檯預約下次看診」，態度已經恢復平常淡淡的樣子。

如果減藥，發作次數和感到不安的瞬間或許都會增加；但是一直畏懼不知何時會來的東西、只能留在原地無法動彈，也許是更可怕的事情。

我拿了一星期份的藥，一天的服用量只減少〇．四毫克而已，拿在手上也無法判別重量差異。不過光是要拋下這樣的重量，就花了兩年的時間。而且我可能又會回到少不了這〇．四毫克的日子。

但現在的我單純只想要展現不受任何東西控制的自己——沒錯，大概是想要展現給藤澤看。

「回去吧。」

我坐上自行車，騎車回家。天空的顏色逐漸轉為深藍。我得在夕陽西沉之前回去才行。我總是為了夜晚逼近而感到焦躁、急急忙忙趕回家，不過現在的我知道，夕陽一定會再度成為朝陽。

每踩下一次踏板，春天的風就吹拂在我身上。明天要做什麼呢？我邊想邊騎著自行車前進。

國家圖書館出版品預行編目資料

黎明前的全部 / 瀨尾麻衣子作 ; 黃涓芳譯 . -- 1 版 . -- [臺北市] : 城邦文化事業股份有限公司尖端出版 : 英屬蓋曼群島商家庭傳媒股份有限公司城邦分公司發行 , 2023.04

面 ;　公分

譯自 : **夜明けのすべて**

ISBN 978-626-356-309-4 (平裝)

862.57　　112000428

潮流文學

黎明前的全部

（原名：夜明けのすべて）

著　　者／瀨尾麻衣子
執 行 長／陳君平
榮譽發行人／黃鎮隆
協　　理／洪琇菁
總 編 輯／呂尚燁
譯　　者／黃涓芳
美術總監／沙雲佩
美術編輯／李政儀
執行編輯／許晶翎
企劃宣傳／陳品萱
國際版權／黃令歡、梁名儀
文字校對／施亞蒨
內文排版／謝青秀

出　　版／城邦文化事業股份有限公司　尖端出版
台北市中山區民生東路二段一四一號十樓
電話：（〇二）二五〇〇—七六〇〇
傳真：（〇二）二五〇〇—二六八三
E-mail：7novels@mail2.spp.com.tw

發　　行／英屬蓋曼群島商家庭傳媒股份有限公司城邦分公司　尖端出版
台北市中山區民生東路二段一四一號十樓
電話：（〇二）二五〇〇—七六〇〇（代表號）
傳真：（〇二）二五〇〇—一九七九

中彰投以北經銷／楨彥有限公司（含宜花東）
電話：（〇二）八九一九—三三六九
傳真：（〇二）八九一四—五五二四

雲嘉經銷／威信圖書有限公司　嘉義公司
電話：（〇五）二三三—三八五二
傳真：（〇五）二三三—三八六三

南部經銷／威信圖書有限公司　高雄公司
電話：（〇七）三七三—〇〇七九
傳真：（〇七）三七三—〇〇八七

香港經銷／城邦（香港）出版集團有限公司
香港灣仔駱克道一九三號東超商業中心一樓
電話：（八五二）二五〇八—六二三一
傳真：（八五二）二五七八—九三三七
E-mail：hkcite@biznetvigator.com

新馬經銷／城邦（馬新）出版集團 Cite（M）Sdn. Bhd.
E-mail：cite@cite.com.my

法律顧問／王子文律師　元禾法律事務所
台北市羅斯福路三段三十七號十五樓

二〇二三年四月一版一刷

Cover illustration：大久保明子

■中文版■